Zum BUCH

Die vier Freunde Jaxon, Natalia, Maxwell und Laura freuen sich auf einen mehrtägigen Campingurlaub auf dem Gelände des *Camp Seaside*, einem Platz mit einem Badesee und einer alten Getreidemühle. Bei einem Rundgang im Wald entdecken sie einen Brief, der ihnen einen Schatz in den Tiefen der Mühle verspricht. Sie lassen sich auf die Suche ein - und beginnen damit ein Spiel, bei dem eine Menge Blut fließen wird. Denn im Inneren der Mühle lebt der Tod. Und er fordert seinen Tribut...

Zum AUTOR

Niklas Quast wurde am 7.3.2000 in Hamburg-Harburg geboren und wuchs im dörflichen Umland auf. Nachdem er eine Ausbildung zum Groß- und Außenhandelskaufmann absolvierte, arbeitet er nun in einem Familienbetrieb und widmet sich nebenbei dem Schreiben.

NIKLAS QUAST

CAMP SEASIDES MÜHLENSCHATZ

ROMAN

1.Auflage 2021

Copyright © 2021 Niklas Quast
niklasquastautor@web.de
www.facebook.com/NiklasQuastAutor

Covergestaltung:
Galax Acheronian
www.acheronian.de

Alle Rechte vorbehalten

Niklas Quast
Emsener Straße 25
21224 Rosengarten

Herstellung und Verlag: BoD – Books on Demand, Norderstedt

TwentySix
Eine Marke der Books on Demand GmbH

ISBN: 9783740784652

1

Das Auto mit den verdunkelten Scheiben, welches Sebastian schon aus der Ferne gesehen hatte, passierte mitsamt seines Wohnwagens die Schranke, die auf das Gelände des *Camp Seaside* führte. Staub wirbelte vom trockenen Boden auf und verteilte sich in der klaren Luft. Es war ein sonnig warmer Tag, trotzdem hatte der Fahrer die Scheiben geschlossen. Durch die Windschutzscheibe war nur ein Teil des Gesichts zu erkennen, welches hinter einer Sonnenbrille und einem Halstuch verborgen lag. Zigarettenqualm waberte auf, als der Fahrer an einem Glimmstängel paffte. Er hielt direkt neben Sebastian an und ließ das Fenster runter.
»Walter Kinney. Eine Woche. Ich hatte angerufen.«
Sebastian nickte. Er hatte am gestrigen Tage selbst mit dem Mann telefoniert, als dieser sich seinen Stellplatz gebucht hatte. Er erinnerte sich an die rauchige, tiefe Stimme, bei der er sich schon am Hörer kaum hatte vorstellen können, wie sein Gegenüber wohl aussehen würde. Das mysteriöse Äußere des Mannes verstärkte den Eindruck jetzt noch. Doch er war nur einer der zahlreichen Gäste des *Camp Seaside*, und Sebastian würde ihn schon bald wieder vergessen haben. Er winkte den Mann durch und sah zu, wie das Gespann aus Auto und Wohnwagen langsam kleiner wurde und schließlich hinter einer Kurve verschwand. Sein Stellplatz lag im hinteren Teil, in der Nähe des bewaldeten Abschnitts. Nach kurzem Überlegen entschied Sebastian sich dazu, seinen täglichen Kontrollgang zu machen. Direkt neben der Rezeption und der dazugehörigen Schranke lag ein Getreidefeld mit einer alten Mühle in der Nähe. Viele

Leute, die das *Camp Seaside* besuchten, waren von dem Ausblick, den die Mühle bot, fasziniert. Er schätzte, dass Walter Kinney nicht zu diesen Menschen gehören würde. *Wenn er sich überhaupt mal blicken lassen sollte, dann sitzt er mit einer Zigarette im Mund vor seinem Wohnwagen und löst Kreuzworträtsel.* Sebastian lächelte verkniffen und war froh, dass in diesem Moment keiner in der Nähe war. Es war erst kurz nach neun am Morgen, die Meisten würden sich gerade vor der Bäckerei aufhalten und Brötchen holen. Da es eine der Bäckereien war, die noch eigenes Handwerk betrieb und mit dem gemahlenen Getreide aus der Mühle backte, gab es nahezu keinen Gast, der auf dieses Erlebnis verzichtete. Viele kannten ja nur noch die tiefgefrorenen und wieder aufgebackenen Brötchen aus dem Supermarkt - Sebastian wollte daran gar nicht mehr denken. Seit er vor vielen Jahren das erste Mal eines der selbstgebackenen Brötchen gekostet hatte, mochte er die anderen schlichtweg nicht mehr. Schon aus der Ferne nahm er den köstlichen Duft wahr. Die Bäckerei lag nur wenige hundert Meter hinter dem Rezeptionshaus, direkt dahinter begann wiederum langsam der Wald. Das Zwitschern der Vögel war aus der Ferne zu hören und erfüllte die Umgebung mit Fröhlichkeit. Die Luft fühlte sich heute besonders gut an, es war bereits um diese Uhrzeit recht warm. *Ein angenehmer Sommertag, der auch einige Tagesgäste anlocken wird,* dachte Sebastian. Zwischen der Bäckerei und der Zeltwiese, auf der Walter Kinney seinen Stellplatz hatte, lag ein großes Maisfeld. Zu dieser Jahreszeit wuchs der Mais bereits weit über seinen Kopf hinaus, und Sebastian konnte wahrlich nicht sagen, dass er mit seinen ein Meter sechsundneunzig klein war. Er war größer als der Durchschnitt, sah jedoch nie wirklich einen Vorteil darin. Er ließ seinen Blick schweifen. Der dichte Mais verbarg die Sicht auf den dahinterliegenden Waldabschnitt. Nach einem kurzen Stück Straße folgte die heute gut besuchte Zeltwiese. Viele Familien tummelten sich auf dem Platz, dazu noch ältere Ehepaare und Jugendliche. Kinney war der Einzige, der nicht wirklich in die Szenerie passte - er zeigte sich aber auch nicht, sondern hielt sich im Inneren seines Wohnwagens auf. Die beigen Vorhänge vor den Fenstern waren allesamt zugezogen. *Es gibt schon komische Leute.* Doch Sebastian wusste, dass er sich nicht um die privaten Dinge anderer Leute kümmern sollte. Wenn er sich eben komplett von der Außenwelt abschotten wollte, dann sollte er das tun. Auf dem ersten Blick sah alles ordentlich aus. Die meisten Leute lächelten ihn an, als sie anhand seiner Kleidung erkannten, dass er zum Platzpersonal gehörte. Nach einem kurzen Kiesweg folgte dann die Sanitäranlage. Eines der Fenster war zersplittert, Scherben und der Stein, der für den Riss verantwortlich war, lagen auf den Ziegelsteinen davor. Der Anblick sorgte dafür, dass Sebastians Laune sofort in den Keller fiel. Er schloss das Häuschen auf und nahm sich Handfeger und Schaufel, um die Scherben wegzufegen. Die Scheibe musste definitiv ersetzt werden - das würde jedoch erst nach dem Wochenende passieren. In dem kleinen Hausmeisterraum an der Rückseite der Sanitäranlage, den er aufsperren musste, lag in den Tiefen einer Schublade eine Rolle schwarzgelbes Absperrband. Sebastian nahm sie mit und sperrte das Fenster so gut es ging ab. Es lag ziemlich weit oben, weshalb er das Problem mithilfe einer Leiter lösen musste. Als er sich wirklich sicher war, dass alles so gelöst war, dass niemand zu Schaden kommen konnte, trat er einen Schritt zurück. Plötzlich vernahm er ein lautes Quietschen, und als er seinen

Blick schwenkte, sah er ein Kind mit einem Fahrrad auf ihn zurasen. Gerade noch rechtzeitig hatte der Junge die Bremse betätigen können - er hielt, weit über den Lenker gebeugt, vor Sebastian an und blickte ihm schuldbewusst ins Gesicht.
»Entschuldigung.«
Sebastian lächelte und klopfte dem Jungen auf die Schulter.
»Alles gut. Es ist nichts passiert. Fahr beim nächsten Mal einfach etwas vorsichtiger.«
Der Junge sagte nichts mehr und fuhr in Richtung Zeltwiese davon, die Situation schien ihm sichtbar unangenehm zu sein.
Wäre der vorher mit vollem Tempo hier lang gefahren, wäre er gestürzt und hätte sich möglicherweise sogar verletzt. Sebastian war froh, dass er im richtigen Moment gehandelt und so ein Unglück vermieden hatte. Die gute Tat des Tages konnte er somit schon abhaken. Die Zeltwiese ging in eine zweite über, die nur durch einen schmalen Weg von der anderen getrennt war. Direkt dahinter lag der Biergarten, in dem abends immer viel los war. Als Sebastian seinen Blick genau in diese Richtung richtete, sah er aus der Ferne schon Brenda, und sein Herz begann sofort, höher zu schlagen. Sie trug ein ärmelfreies Oberteil und ein tiefes Dekolleté, in das er einen kurzen Blick werfen konnte. Als sie ihn bemerkte und ihm ein freundliches Lächeln zuwarf, errötete er. Seit drei Jahren empfand er diese Gefühle schon für sie, doch er hatte sich bisher nicht getraut, sie mal anzusprechen. Es war bei einer heimlichen Schwärmerei geblieben, für mehr war er einfach zu schüchtern. Nach außen hin gab er den souveränen Platzwart ab, doch im Inneren sehnte er sich mal wieder nach einer Partnerin in seinem Leben. Er hatte mit seinen sechsundzwanzig Jahren bisher noch keine richtige Beziehung geführt, und wusste, dass das langsam mal an der Zeit

war. Kurzum entschied er sich dazu, ihre Nähe aufzusuchen.
Als er sie erreicht hatte, war sie gerade damit beschäftigt, die
Bänke, die sich draußen befanden, abzuwischen. Um diese Uhrzeit befand sich noch niemand in dem kleinen Lokal.
»Hey, Sebastian.«
Sie lächelte, woraufhin ihre weißen Zähne zur Geltung kamen.
»Setz dich doch. Möchtest du was trinken?«
»Gerne. Eine Cola wäre super, aber bitte ohne Eis.«
Sie verschwand im Inneren und Sebastian ließ sich auf die
Holzbank sinken. Es dauerte nicht lange, bis sie schließlich mit
der gewünschten Cola wiederkam. Auf den Rand des Glases
hatte sie eine Zitronenscheibe gesteckt, was den Anblick gleich
verschönerte. *Und sie dazu erst...* Ihre dunkelblonden Haare
hingen ihr bis tief in den Ausschnitt.
»Und, alles klar soweit auf dem Gelände?«
Ihre weiche Stimme riss ihn abrupt aus seinen Tagträumen. Er
spürte, wie er errötete, und nahm deshalb das Glas in die Hand
und trank einen Schluck.
»Ja, schon. Bis auf eine kaputte Fensterscheibe heute war alles
okay. Die muss nach dem Wochenende erneuert werden.«
Er legte eine kurze Pause ein. Das Schweigen fühlte sich jedoch
unangenehm an, weshalb er direkt in eine Gegenfrage überging.
»Und was war gestern Abend bei dir los? Viele Gäste?«
»Nicht so viel wie sonst an einem Freitag. Doch ich war trotzdem ausgelastet, und ich glaube, dass heute mehr los sein wird.
Zum Ferienanfang sollte heute der Hauptanreisetag sein.«
»Ich denke auch.«
Sebastian nahm noch einen Schluck Cola, nachdem er die Zitrone über dem Getränk ausgepresst hatte. Es schmeckte direkt etwas frischer und besser. Ein leichter Wind wehte durch die Um-

gebung und kühlte den aufgekommenen Schweiß von Sebastians Stirn. Vom Biergarten war es nicht mehr weit bis zum See, ein kurzer Berg führte direkt zur Badestelle.
»Heute Mittag soll es ja noch viel wärmer werden. Wollen wir in deiner Pause etwas Zeit am See verbringen?«
Sebastian nickte.
»Klingt gut. Von zwölf bis vierzehn Uhr habe ich Pause.«
»Ich weiß. Das hast du mir schon mal erzählt.«
Er konnte sich nicht erinnern, das jemals getan zu haben, wollte darauf jedoch nicht eingehen. Er war viel zu sehr von ihrem Angebot überrascht - damit hatte er definitiv nicht gerechnet, doch es freute ihn. Er hatte seine Cola schneller geleert, als ihm lieb war, und ein Blick auf die silberne Armbanduhr an seinem Handgelenk verriet ihm, dass bereits zehn Minuten vergangen waren, seit er den Biergarten aufgesucht hatte.
»Ich muss weiter. Wir sehen uns dann um zwölf am See?«
»Um zwölf am See«, bestätigte Brenda mit einem Lächeln im Gesicht.
Sebastian kehrte ihr den Rücken zu und schritt wieder in Richtung der Zeltwiese. *Hoffentlich vergehen die zweieinhalb Stunden schnell genug.* Er konnte seine Pause am heutigen Tage gar nicht erwarten. Sein Magen begann, zu knurren, und nachdem er sich um den See herum erkundigt hatte, ob alles in Ordnung war, entschied er sich dazu, zu frühstücken. Der Weg zur Bäckerei führte ihn wieder an dem Maisfeld vorbei, aus dem eine Krähe in die Luft stieg und mit einem wilden Schrei davonflatterte, als er es passierte. Vor der Bäckerei gab es eine beträchtliche Schlange, doch da er keine Eile hatte, stellte er sich an und wartete, bis er von der Verkäuferin bedient wurde.
»Zwei Handwerkerbrötchen, bitte.«

Die Frau packte ihm zwei größere Brötchen in eine Papiertüte und reichte sie ihm. Sebastian musste nicht bezahlen, als Angestellter bekam er Dinge des täglichen Bedarfs gratis. Er ging zurück zum Rezeptionshäuschen, öffnete die Tür seines Büros und nahm auf dem Schreibtischstuhl hinter dem Computer Platz. Ein weiteres Auto, ein blauer Toyota, passierte wenige Augenblicke später die Schranke. Da das Fenster geöffnet war und die Schranke direkt nebenan lag, konnte er das Gespräch, welches John, sein Kollege, mit den ankommenden Gästen führte, verfolgen
»Guten Tag«, sagte der Fahrer des Wagens.
Sebastian konnte erkennen, dass sich insgesamt vier Personen im Inneren befanden.
»Mein Name ist Jaxon Mallister. Ich hatte telefonisch gebucht für vier Personen.«
John schob sich seine Sonnenbrille, die er zuvor auf dem Kopf getragen hatte, auf die Nase. Sebastian musste grinsen, während er in das knusprige, ofenwarme Brötchen biss. Er hatte es mit Wurst und Käse belegt, Dinge, die sich noch in dem kleinen Kühlschrank im Büro befanden. Zudem hatte er sich eine Flasche Mineralwasser geöffnet und den Inhalt in einen Pappbecher gegossen.
»Ah, ja, Stellplatz 97C. Der Straße folgen und am Ende die Zeltwiese auf der rechten Seite.«
Jaxon nickte.
»Eine Frage habe ich allerdings noch. Gibt es hier in der Nähe etwas Interessantes zu sehen? So auf die Natur bezogen?«
Vom Rücksitz war ein Kichern zu vernehmen. Zwei junge Frauen saßen hinter den beiden Männern, die sich auf den Vordersitzen befanden. Mehr konnte Sebastian trotz der heruntergelas-

senen Fensterscheiben nicht erkennen.

»Hinter dem Getreidefeld steht eine alte Windmühle, in der wir heute immer noch das Getreide für unser Brot mahlen. Sie kann tagsüber zu jeder Zeit besichtigt werden. Zudem könnt ihr auch gut die Zeit an unserem See verbringen, dazu müsst ihr nur direkt an eurer Zeltwiese den Berg hinunter.«

Jaxon nickte.

»Danke. Wir werden uns sicherlich nochmal über den Weg laufen.«

John nickte ebenfalls und ließ den Toyota passieren. Sebastian widmete sich wieder seinen Brötchen und schaltete danach den PC an. Heute schien bisher wenig los zu sein, außer der Reparatur des Fensters gab es nichts zu tun. Er lehnte sich im Bürostuhl zurück und genoss die frische Luft, die aus dem gekippten Fenster hereinwehte. Er fühlte sich gut - nun waren es bloß noch zwei Stunden bis zu dem Treffen mit Brenda am See, von dem er sich einiges erhoffte.

2

»Dann lasst uns doch mal die Zelte aufbauen«, meinte Natalia. Jaxon hatte gerade den Toyota neben dem Stellplatz 97C geparkt und das Fenster hochgekurbelt.
»Warte doch mal ab. Wir sind doch gerade erst angekommen.«
Er musste grinsen. Seit er Natalia vor vier Jahren kennengelernt hatte, hatte sie diese hektische Art an sich. Sie war oft ungeduldig und konnte sich nur schlecht auf Dinge konzentrieren. Doch sie war bildhübsch und hatte einen tollen Charakter – weshalb Jaxon sich relativ schnell in sie verliebt hatte.
»Gib mir bitte erstmal eine Frikadelle.«
Natalia reichte ihm die Verpackung. Er öffnete sie, nahm sich eine heraus und reichte sie herum.
»Du auch?«, wandte er sich an seinen Beifahrer Maxwell.
»Ja, her damit.«
»Männer«, kam es von Laura, Maxwells Freundin, vom Rücksitz.
»Ihr habt einfach kein Benehmen.«
»Wieso?«, fragte Maxwell mit vollem Mund, nachdem er bereits in die Frikadelle gebissen hatte.
»Ist doch einfacher.«
Natalia öffnete die Tür und stieg aus.
»Los, wir wollen doch nachher noch zum See. Die Zelte bauen sich nicht von alleine auf.«
Sie öffnete nun auch die Kofferraumklappe und holte alles heraus, was zum Aufbauen benötigt wurde. Währenddessen nahm Jaxon den letzten Bissen Frikadelle und stieg ebenfalls aus.
Natalia hatte bereits eine gute Stelle ausgemacht und versuchte

sich daran, einen Hering in den Boden zu schlagen. Sie stellte sich dabei äußerst ungeschickt an – Jaxon sagte jedoch nichts, sondern wartete einen Augenblick und genoss den Anblick, den sie abgab.
»Hilf mir doch mal!«
Sie wirkte fast etwas sauer, doch als Jaxon sie anlächelte, verflog die Stimmung und sie musste ebenfalls grinsen. Maxwell und Laura hatten sich nun auch dazu gesellt und waren bereits dabei, die Plane des Zeltes auszurollen.
»Hast du die Anleitung?«, fragte Maxwell.
Jaxon blickte ihn irritiert an.
»Wovon?«
»Na, von den Zelten.«
»Lass mich das mal machen.«
Er nahm Maxwell das Gestänge aus der Hand. Er hatte erst vor kurzer Zeit eines der beiden Zelte aufgebaut und wusste in etwa noch, wie es funktionieren würde. Es dauerte etwas länger, doch etwa eine halbe Stunde später standen beide Zelte nebeneinander fest auf dem Gras. Sie räumten ihre Rucksäcke ins Zelt, pumpten die Luftmatratzen auf und richteten sich die Schlafplätze so ein, wie sie es benötigten.
»Dann zieht euch mal um«, meinte Maxwell schließlich.
»Wir gehen zum See.«
Er selbst hatte seine Badehose schon im Auto getragen, weshalb er bloß sein T-Shirt ausziehen musste. Dazu hatte er sich ein grünes Handtuch über die Schulter geworfen und Badelatschen angezogen. Natalia und Laura verschwanden in ihren jeweiligen Zelten und kamen dann fast gleichzeitig wieder umgezogen heraus. Jaxon konnte seinen Blick gar nicht mehr von Natalia abwenden. Sie sah fantastisch aus, ihr gepiercter Bauch-

nabel hob sich von dem flachen Bauch ab und das kleine Tattoo, welches eine Sternschnuppe zeigte, war deutlich zu sehen.

»Guck nicht so.«

Sie lächelte ihn verschmitzt an, und Jaxon spürte, wie in ihm ein Verlangen aufstieg, welches er kaum zügeln konnte. Er wollte sie. Jetzt. Allerdings wusste er auch, dass er sich etwas beruhigen musste. *Wir treiben es heute Abend miteinander.* Er freute sich jetzt schon auf den Moment, der noch in unerreichbarer Ferne lag. Zuerst mussten sie zu viert den Tag am See verbringen, doch auch das war keinesfalls schlecht. Es war bereits früh am Morgen recht warm, und die Temperaturen würden sogar noch steigen. Das Einzige, worauf Jaxon sich nicht so freute, war die Nacht im Zelt. Das Gute daran war natürlich, dass er dicht bei Natalia liegen würde und dass sie dort unanständige Dinge miteinander treiben könnten. *Verdammt, du denkst immer nur an Sex. Hast du auch noch etwas anderes im Kopf?* Ihr Blick, der so aussah, als könne sie seine Gedanken lesen und das verschmitzte Lächeln, welches ihr Gesicht zierte, bestätigte ihn. Jaxon zog sich als Letztes um, und wenig später waren sie alle bereit. Es war mittlerweile wärmer geworden, die Sonne knallte auf seinen Oberkörper und sorgte dafür, dass er zu schwitzen begann.

»Wir hätten vielleicht doch Sonnencreme mitnehmen sollen«, murmelte Maxwell.

Natalia blickte ihn entgeistert an.

»Spinnst du?«

Sie lachte.

»Willst du denn gar nicht braun werden?«

Maxwell konnte sich darauf ein Grinsen nicht verkneifen.

»Ich will bloß nicht verbrennen.«

»Wir sind im Wasser. Da passiert das nicht.«

Sie ist so naiv. Jaxon grinste in sich hinein. Natürlich konnte man auch unter Wasser einen Sonnenbrand bekommen - der See würde keinen großen Schutz bieten. Zudem, das wusste er bereits, würde Natalia sowieso die meiste Zeit damit verbringen, sich am Ufer zu sonnen. Ihr dunklerer, sonnengebräunter Teint sorgte dafür, dass sie allgemein weniger anfällig für Sonnenbrände war. Jaxon sah, dass ihr der Schweiß auf der Stirn stand - und verfolgte einen herabfließenden Tropfen, bis er zwischen ihren Brüsten verschwunden war.

»Wo geht's zum See?«, fragte Maxwell.

»Wir müssen an der anderen Wiese vorbei und dann den Berg hinunter«, murmelte Natalia.

Sie passierten den zweiten Teil der Zeltwiese und sahen aus der Ferne bereits den Biergarten.

»Wollen wir nicht erstmal was trinken? Zum See können wir später auch noch«, schlug Jaxon vor.

Alle stimmten zu - Natalia wirkte nicht so begeistert, schloss sich dann aber den anderen an. Sie setzten sich auf die Bänke vor dem Biergarten, und wenig später kam bereits eine Frau mit dunkelblonden Haaren heraus. Sie hatte ein hübsches Gesicht und ihr Parfum roch angenehm frisch. Jaxon merkte erst, als Natalia ihm einen leichten Stoß versetzt hatte, dass er wieder in Tagträumereien verfallen war. Er nickte ihr entschuldigend zu und wandte sich dann wieder der Frau zu.

»Hallo. Was darf ich euch bringen?«

»Ich nehme eine kleine Fanta«, meinte Natalia und verlieh ihrer Stimme einen scharfen Unterton.

»Ein Bier, bitte«, murmelte Maxwell und blickte Laura an.

»Und du?«

»Natürlich auch.«
Laura zwinkerte ihm zu. Jaxon musste etwas überlegen, entschied sich dann aber für eine Cola mit Bacardi. Sie hatten nicht geplant, die kommenden Tage den Platz zu verlassen - und was gab es besseres, als sich schon am frühen Mittag eine erfrischende Mischung zu genehmigen? Als die Kellnerin, die auf ihrem Oberteil ein Namensschild mit dem Namen „Brenda" getragen hatte, verschwunden war, beugte Natalia sich zu Jaxon rüber.
»Sie ist ziemlich hübsch, oder?«
Obwohl es sich wie eine Frage anhörte, wusste Jaxon, dass das keinesfalls eine war. Ihr vorwurfsvoller Blick, ein Blick, den er über die Jahre viel zu häufig geerntet hatte, bereitete ihm jedes Mal wieder ein schlechtes Gewissen. *Verdammt, ich tappe auch jedes Mal in dieses verdammte Fettnäpfchen.*
»An dich kommt sie nicht ran.«
Gewohnt lässig setzte Jaxon sich ein Lächeln auf und hoffte, dass das Wirkung zeigen würde. Auch, wenn er oft in dieser Situation steckte - es gab kein festes Schema, ihr zu entkommen. Es hing ganz von Natalias Laune ab, ob sie sich mit den jeweiligen Antworten zufriedengab oder nicht.
»Du hast sie ziemlich angegafft.«
Mit diesen Worten wusste Jaxon, dass sie sich heute nicht so einfach abspeisen lassen würde. *Warum ist sie plötzlich so schlecht gelaunt?* Er konnte sich ihre schwankende Stimmung nicht erklären. *Frauen eben.* Wobei das nicht so ganz stimmte - es war dann eben doch größtenteils Charakter abhängig. Wenn er über das nachdachte, was Maxwell ihm ständig von Laura erzählte... *Sie ist nicht so verdammt eifersüchtig. Auch, wenn Nati sehr hübsch ist, muss ich mit ihr nachher mal ein ernstes*

Wort reden. Es geht nicht, dass sie mich vor den anderen so anspricht. Jaxon nahm Maxwells hochgezogene Augenbraue deutlich zur Kenntnis.

»Komm schon, Nati.«

Er lächelte verkniffen. Es war riskant gewesen, sie in dieser Situation mit ihrem Spitznamen zu nennen, doch es schien augenscheinlich Erfolg eingebracht zu haben.

»Ich liebe nur dich.«

»Du wärst ja auch ein verdammter Idiot, wenn nicht.«

Jaxon atmete tief durch, die Situation hatte sich wieder entspannt. Als Brenda mit einem silbernen Tablett wiederkam, auf dem vier Gläser standen, versuchte Jaxon, jeglichen Blickkontakt mit ihr zu vermeiden. Natalias Augen brannten wie Schwerter in seinem Rücken - und da er die Situation einfach genießen wollte, ließ er sich darauf ein. Sie hoben die Gläser und stießen an. Jaxon nippte an der Bacardi-Cola, und merkte, dass Brenda durchaus großzügig mit der Verteilung des Alkohols umgegangen war. Doch das eisgekühlte Getränk schmeckte ihm hervorragend. Er hatte schnell das halbe Glas geleert und lehnte sich zurück - bis er, gerade noch rechtzeitig, merkte, dass die Bank keine Lehne hatte. Er konnte das Gleichgewicht halten, stützte sich dann jedoch zu sehr nach vorne. Er kippte Maxwells Bier um, das Getränk verteilte sich auf dem Tisch und tropfte hinunter.

»Du Trottel«, murmelte Natalia.

Brenda schien den Aufruhr mitbekommen zu haben, sie kam sofort mit einem Tuch aus dem Inneren und wischte die Sauerei weg.

»Soll ich dir ein neues Bier bringen?«

Maxwell nickte.

»Klar, mit dem kann ich ja nichts mehr anfangen. Vielen Dank auch Jax.«

Jaxon grinste. Maxwell nahm die Situation, wie immer, total entspannt auf. Egal, was auch passierte, Maxwell war dafür bekannt, stets einen kühlen Kopf zu bewahren.

»Immer gerne.«

Nun wandte er sich direkt an Brenda.

»Tut mir leid für die Sauerei.«

»Ach, gar kein Problem. Das nächste Bier geht auch aufs Haus.«

Sie verschwand im Inneren und kam mit einem vollen Glas wieder. Maxwell nahm sofort einen großen Schluck und wischte sich die Reste der Schaumkrone vom Mund, nachdem er das Glas abgestellt hatte. Jaxon ließ es nun ruhiger angehen, er nippte bloß noch an der Bacardi-Cola und stellte das Glas dann wieder ab. Die Sonne brannte vom Himmel, doch da sie sich einen schattigen Platz unter einem Schirm gesucht hatten, bekamen sie davon wenig mit. Die Zeit verging, sie leerten ihre Gläser und bezahlten die Getränke später bei Brenda. Danach verließen sie den schattigen Platz und machten sich auf den Weg zum See. Jaxon spürte, wie der konsumierte Alkohol bereits dafür sorgte, dass er schneller ins Schwitzen geriet. Der Asphalt, der sie den Berg hinunter zum See führte, brannte unter den Sohlen der Badelatschen. Es war bereits kurz vor zwölf Uhr, die Zeit war dann doch schneller vergangen als erwartet. Der Strand war bereits recht gut besucht, Gäste jeden Alters befanden sich auf Handtüchern und Strandmatten im Sand liegend oder im Wasser. Jaxon ließ seinen Blick schweifen. Ein Baum ragte über das Wasser, an ihm war ein Seil mit einer Schlaufe gebunden. An der Seite wuchs Schilf, und in der Ferne

war eine Ente zu sehen, die im Wasser umhertrieb. Der Boden war bedeckt mit Algen und braunem Sand. Das Wasser war, zumindest die ersten Meter, glasklar. Danach nahm es einen grünen Farbton an und wurde immer dunkler. Sie legten ihre Handtücher in den Sand und breiteten sie aus. Jaxon zog seine Badelatschen aus und stellte sich barfuß in den warmen Sand.
»Ich gehe mich abkühlen. Wer kommt mit?«
Maxwell nickte.
»Bin dabei.«
Laura griff nach seiner Hand und nickte ebenfalls.
»Ich ebenfalls.«
»Ich sonne mich erstmal einen Augenblick.«
Natalia setzte sich auf ihr Handtuch und lehnte sich zurück. *War ja klar*, dachte er. *Hoffentlich denkt sie jetzt nicht, ich würde Laura angaffen.* Auch, wenn das natürlich absolut unsinnig war, so war Natalia diese Denkweise natürlich absolut zuzutrauen. Zu dritt gingen sie schließlich aufs Wasser zu. Als sie sich weit genug außer Hörweite befanden, beugte Maxwell sich zu Jaxon rüber.
»Ist sie immer noch so schlimm?«
Jaxon wusste direkt, worauf er anspielen wollte. *Er bekommt auch mit, dass Nati manchmal den Bogen überspannt.*
»Sie übertreibt. Ich dachte ja, das würde sich bessern, aber Fehlanzeige.«
Jaxon legte eine kurze Pause ein.
»Hoffentlich kommt sie nicht noch irgendwie auf die Idee, eine Konkurrentin in Laura zu sehen.«
Er konnte diese Worte bedenkenlos flüstern, Laura befand sich schon ein paar Meter weiter bis zu den Oberschenkeln im Wasser und war somit außer Hörweite.

»Das glaube ich nicht. Sie weiß doch, dass wir in einer festen Beziehung sind. Zudem seid ihr das doch auch. Mach dir mal keinen Kopf. Sie hat zwar manchmal ihre Macken, aber im Grunde ist sie doch total okay.«

Jaxon nickte.

»Auf jeden Fall.«

Sie beide hatten sich bisher erst bis zu den Knöcheln im Wasser aufgehalten. Laura war in der Zwischenzeit bereits eingetaucht und kam nun aus der Ferne angeschwommen und spritzte beide nass.

»Nun kommt doch, oder wollt ihr die ganze Zeit rumstehen?«

Maxwell sprang ins Wasser und tauchte ebenfalls ein - Jaxon folgte ihm einen Moment später. Das angenehm kühle Wasser wusch ihm den Schweiß von der Stirn, und er ließ sich einen Moment lang einfach nur treiben. Prustend durchbrach er kurz darauf die Wasseroberfläche wieder, öffnete die Augen und blickte sich um. In der Ferne sah er das Waldstück auf der gegenüberliegenden Seite. Die Vögel zwitscherten, eine Entenfamilie nistete in einer kleinen Bucht. Alles wirkte friedlich und idyllisch. Bis er plötzlich etwas entdeckte. Zwischen zwei Bäumen, die in der Nähe des Ufers standen, erkannte er die dunkle Silhouette eines Mannes, der augenscheinlich gerade damit beschäftigt war, ein tiefes Loch zu graben. Der Umstand, dass direkt daneben ein großes Holzkreuz im Sand lag, gab Jaxon recht damit, dass irgendetwas nicht stimmen konnte.

3

Gary parkte das Wohnmobil und schaltete den Motor aus. Er hatte es direkt auf dem Stellplatz 96C, der Nummer, die ihm der Mann an der Schranke genannt hatte, abgestellt.
»Da sind wir ja endlich angekommen«, meinte Mathilde, seine Ehefrau, vom Beifahrersitz aus.
Gary putzte sich die Brille, auf der sich in der Zwischenzeit eine feine Staubschicht gebildet hatte, und setzte sie danach wieder auf. Die Sicht war nun deutlich besser - obwohl ihm sein Auge weiterhin zu schaffen machte. Das war im Alter von knapp achtzig Jahren aber ja auch total normal, nicht jedes einzelne Körperteil konnte die gesamte Lebenszeit über mitspielen und optimal funktionieren. Und da es bloß das rechte Auge war, und Gary ansonsten noch vergleichsweise fit für sein Alter war, sah er das nicht als großes Problem.
»Wollen wir später eine Runde um den See gehen?«
Gary fühlte sich kaputt von der Fahrt, aber bei Mathilde schien das nicht der Fall zu sein. *Kein Wunder*, dachte Gary. *Sie hat sich ja auch ausgeruht, während ich im Stau immer nur wenige Meter vorankam.* Sie waren nun seit über fünfzig Jahre verheiratet. Oftmals wurde, gerade im Bekanntenkreis, danach gefragt, wie man es über eine so lange Zeit täglich miteinander aushielt. Für Gary war die Antwort darauf recht einfach - man musste sich gegenseitig Freiheiten lassen und den Partner respektieren, gerade in der heutigen Gesellschaft war beides nicht immer selbstverständlich. Umso froher war er, dass er in einer anderen Zeit aufgewachsen war - in einer, in der solche Werte noch gezählt hatten.

»Gerne später. Aber jetzt muss ich mich erstmal etwas ausruhen.«

Mathilde lächelte und verschwand im Wohnbereich des Wohnmobils. Sie wusste sofort, was für Gary ausruhen bedeutete - ein eisgekühltes Bier aus der Kühltasche und die Tageszeitung. Sie räumten einen Tisch, zwei Stühle und zwei Polster aus dem Innenraum des Wohnmobils und bauten diese provisorisch auf dem Rasen auf. Später am Tag würden sie auch das Vorzelt aufbauen, doch davor brauchte Gary erstmal etwas Entspannung. Mathilde rollte sich etwas Tabak zusammen und stopfte sich eine Zigarette. Sie war Gelegenheitsraucherin - früher hatte sie mitunter zwei Packungen am Tag geraucht, doch als dann die ersten gesundheitlichen Schäden in Formen einer Lungenembolie gekommen waren, hatte sie sich besonnen und sich nur noch ab und an eine angezündet. In ihrer kleinen Wohnung im Herzen Wickenburgs hatte sie sogar ganztägig darauf verzichtet, nur bei den gelegentlichen Campingausflügen, die durchaus auch mal vier Wochen oder länger andauerten, genehmigte sie sich ab und an eine. Gary konnte sie einfach nicht davon abbringen - er selbst hatte noch nie in seinem Leben das Verlangen gespürt, weshalb er noch niemals auch nur einen Zug genommen hatte. Die Sonne brannte herunter, doch im Schatten des Wohnmobils war es recht angenehm. Die Zeit floss dahin, während Gary durch die Tageszeitung blätterte und sich dann dem Rätselteil widmete. Mathilde hatte in der Zwischenzeit ihr Buch herausgeholt und las.

»Wollen wir nicht langsam mal den Grill anwerfen?«, fragte sie nach einiger Zeit.

Gary nickte. Sie hatten sich auf der Hinfahrt noch mit Fleisch, Wurst, Baguette und Salaten eingedeckt, und nun war der rich-

tige Zeitpunkt gekommen, zumindest schonmal den Grill anzuzünden. Es würde ja noch einige Zeit dauern, bis er das erste Stück Fleisch auf das Rost legen würde. Schon bald roch es nach dampfenden Kohlen, was dafür sorgte, dass auch in Gary langsam das Hungergefühl aufkam. Er öffnete eine Packung Kartoffelsalat und packte sich einen Löffel davon auf den Teller. Mathilde hatte in der Zwischenzeit einen Salat aus Gurken, Tomaten, Zwiebeln, Mais und Eisbergsalat zubereitet. Es dauerte etwas, bis die ersten Fleischstücke und Würste durchgebraten waren und auf beiden Tellern lagen. Es war Mittagszeit - kurz nach zwölf, wie Gary ein Blick auf die Uhr verriet. Das Baguette war zwar etwas trocken, schmeckte aber als Beilage zu dem Fleisch und den Salaten trotzdem gut.
»Du hast gut gekocht«, meinte Gary und grinste.
Mathilde erwiderte das Lächeln. Sie hatte sich in der Zwischenzeit einen Strohhut aufgesetzt und schob ihn sich jetzt über die Stirn.
»Du bist doch der Grillmeister von uns. Auch, wenn ich immer das Kochen übernehme, wenn wir zuhause sind.«
Bei diesen Worten konnte Gary nur nicken. Mathilde war mit Abstand die beste Köchin die er kannte – sie zauberte jeden Tag etwas anderes auf die Teller und sorgte mit viel Abwechslung für eine ausgewogene Ernährung. Plötzlich, ein paar Minuten waren vergangen, in denen nur in der Ferne einzelne Menschen zu hören waren, näherten sich Stimmen dem Wohnmobil. Gary hob seinen Blick vom Teller und sah zwei junge Männer und zwei bildhübsche Frauen auf sie zukommen.
»Guten Appetit«, sagte einer der Männer und grinste.
»Wir wohnen dann wohl nebeneinander.«
Gary sah sich um und nahm zur Kenntnis, dass die Gruppe zu

den beiden Zelten, die auf dem Stellplatz neben dem Wohnmobil aufgebaut waren, gehörte.
»Oh, das freut uns aber sehr.«
Mathilde hatte das Wort übernommen.
»Darf ich euch etwas vom Grill anbieten?«
»Das ist sehr nett von Ihnen, aber wir haben gerade gegessen. Zudem wollten wir uns nur kurz umziehen und dann direkt weiter.«
»Ich bin Mathilde, und das ist mein Ehemann Gary. Ihr könnt uns ruhig duzen. Wer seid ihr denn überhaupt?«
»Ich bin Jaxon«, meinte der Mann, der das Wort von Beginn an übernommen hatte.
»Das sind Natalia, Maxwell und Laura.«
Die jungen Leute nickten nach und nach und wirkten auf Anhieb sympathisch.
»Wir könnten heute Abend etwas plaudern«, schlug Laura vor.
»Oder was meint ihr?«
Verhaltenes Nicken folgte.
»Dann können wir ja mit dem Sekt anstoßen, den wir vorhin gekauft haben.«
Gary musste bei Mathildes Worten lächeln. Er war kein großer Fan von Sekt – Bier stand für ihn über allen anderen alkoholischen Getränken, doch das ein oder andere Glas würde er sich dann am Abend auch genehmigen.
»Das ist doch eine gute Idee.«
»Wir freuen uns auf später«, meinte der Mann, der als Maxwell vorgestellt worden war.
»Wir bringen auch noch ein bisschen was mit. Das Bier geht auf uns, wir haben genug dabei. Also dann, bis später.«
Nach und nach verschwand die Gruppe in ihren Zelten. Dort zo-

gen sie sich um und kamen wenig später wieder auf die Wiese heraus. Sie gingen allesamt erneut in die Richtung davon, aus der sie gekommen waren – Gary sah ihnen hinterher, bis sie hinter der Kurve verschwunden und außer Sicht waren.

»Nette Leute«, meinte Mathilde.

»Ich freue mich auf heute Abend.«

»Wenn sie denn kommen. Gerade bei den jungen Leuten ist das mit der Zuverlässigkeit ja nicht immer so gegeben.«

»Ach, ich glaube schon.«

Gary schlug sich noch einmal den Teller mit einer Bratwurstschnecke, einer weiteren Portion Kartoffelsalat und einem Stück Baguette voll. Mathilde war indes bereits fertig und räumte das Geschirr in die rote Schüssel, die sie immer als Transportbehälter mit im Wohnmobil dabeihatten.

»Soll ich schonmal abwaschen gehen?«

Bisher war die Aufgabenverteilung auf Campingausflügen immer so gewesen, dass Mathilde sich um das Geschirr gekümmert hatte, während Gary den Grill gereinigt hatte. Doch heute war es noch früh – die Mittagszeit war noch nicht mal vorbei und der Tag noch lang.

»Setz dich hin, wir gehen gleich zusammen. Ich helfe dir.«

»Oh, das freut mich aber. Ich rauche dann in der Zwischenzeit noch eine.«

»Lass das lieber. Denk daran, was Dr. Morrison dir gesagt hat.«

»Ist ja okay«, murmelte Mathilde.

»Dann gibt es halt nur einen Orangensaft.«

Lächelnd verschwand sie im Inneren und kam wenig später mit einer ebensolchen Flasche wieder. Sie schenkte sich einen Plastikbecher voll und nahm einen Schluck.

»Viel besser als der Zigarettenrauch. Und viel gesünder«, mur-

melte Gary.
»Ja da hast du recht, Bärchen.«
Gary mochte es, wenn Mathilde ihn so nannte. Es erinnerte ihn immer an die lange Zeit, die sie bereits miteinander verbracht hatten. Er konnte sich in diesem Moment ein Lächeln nicht verkneifen und lehnte sich im Stuhl zurück. Die Strapazen gingen ihm langsam auf den Rücken, weshalb er über etwas Entspannung ganz froh war.
»Komm, wir gehen eben abwaschen. Danach können wir unsere Runde um den See gehen und uns die schöne Natur hier mal näher ansehen.«
Mit diesen Worten, das wusste Gary, hatte die schöne Phase der Entspannung ein abruptes Ende genommen.

4

»Und du glaubst wirklich, dass du das gesehen hast, was du denkst, gesehen zu haben?«
Jaxon verstand Natalias Frage zunächst nicht, sie war zu umständlich formuliert.
»Natürlich. Denkst du etwa ich fantasiere?«
»Nein, aber vielleicht hat dir deine Wahrnehmung einen Streich gespielt.«
Sie senkte ihre Stimme auf eine Lautstärke, die nur Jaxon verstehen konnte, der direkt neben ihr stand.
»Es ist schon arg merkwürdig, dass jemand mit einer Schaufel im Wald herumläuft, ein Loch gräbt und auch noch ein Totenkreuz dabei hat. Das klingt ja fast so, als hätte derjenige eine Leiche vergraben.«
»Ich weiß, dass das merkwürdig klingt. Aber ich habe es gesehen.«
Jaxon war sich vollkommen sicher und wollte möglichst schnell zu der Stelle, um nachzusehen, was es damit auf sich hatte. Er wusste nicht, was genau sie vorfinden würden, wenn sie dem Weg um den See herum folgen würden – weshalb er mit jedem weiteren Schritt angespannter wurde. Es ging wieder den Berg hinunter, bis sie die Badestelle erreicht hatten. Es hatte sich in der Zwischenzeit wenig verändert, es war sogar eher noch voller geworden. Ein staubiger, schmaler Weg führte sie durch einen Gang, der von beiden Seiten mit hohem Gras flankiert war. Es raschelte aus beiden Richtungen, doch Tiere waren nicht zu sehen. Jaxon kämpfte sich als erster durch das hohe Gras, Natalia folgte ihm und dahinter kamen dann Maxwell und Laura.

Schon bald endete der schmale Gang und der Weg wurde wieder so breit, dass alle nebeneinander gehen konnten. Natalia griff nach seiner Hand, Jaxon nahm sie an und spürte, dass sie ziemlich ins Schwitzen gekommen war. *Sie ist nervös. Irgendetwas scheint sie meinen Worten also doch abzugewinnen.* Es dauerte fünfzehn Minuten, bis sie schließlich die Stelle erreicht hatten. Hier gab es keinen wirklichen Strand, sondern nur ein kleines Ufer als Einbuchtung. Grasiger Untergrund führte bis zu der Stelle, an der das Wasser sanft anschlug. Jaxon blickte sich um. Und tatsächlich – ein paar Meter entfernt, hinter einem abgeschlagenen Baumstamm versteckt, entdeckte er das schwarze Kreuz.
»Hier!«
Schnellen Schrittes ging er auf die Stelle zu, bückte sich, und nahm den mysteriösen Gegenstand in die Hand. Feine, gewundene Linien zogen sich über das schwarz lackierte Holz. Als er es näher betrachtete, sah er einen aus der Ferne kaum lesbaren Text.
»Was steht da?«, fragte Natalia ungeduldig.
»Hier ruht der Wächter der Mühle.«
Mehr stand dort nicht geschrieben – Jaxon drehte es um und versuchte herauszufinden, ob es auf der Rückseite noch etwas zu lesen gab. Doch da war nichts mehr.
»Wenn hier ein Kreuz ist... wo hat der Mann, den du gesehen hast, denn das Grab geschaufelt?«
»Irgendwo hier in der Nähe. Ich weiß aber nicht...«
Er machte eine kurze Pause.
»Es könnte genauso gut ein Streich gewesen sein. Ich habe ja keinen Toten gesehen, sondern nur den Mann, eine Schaufel und das Kreuz.«

»Komischer Streich«, murmelte Natalia.
»Wie sah er aus?«
»Das konnte ich aus der Ferne nicht erkennen. Er war komplett dunkel gekleidet.«
»Vielleicht ist er ja noch in der Nähe.«
»Ich denke nicht. Es ist über eine halbe Stunde her, dass ich ihn gesehen habe.«
»Der Wächter der Mühle«, murmelte Maxwell, der das Kreuz nun in der Hand hielt.
Jaxon hatte es ihm auf seine Bitte hin gereicht.
»Nun, was kann das bitte bedeuten?«
»Es muss irgendetwas mit der alten Mühle zu tun haben. Hinten bei der Anmeldung ist doch ein großes Getreidefeld. Ein Wanderweg führt direkt zur Mühle.«
Jaxon sah Natalia, Maxwell und Laura nacheinander eindringlich an.
»Wollen wir uns die mal näher ansehen?«
Maxwell nickte als erster.
»Ja, aber lass uns das auf die Abendstunden verschieben. Ich denke, jetzt wird dort noch zu viel Betrieb sein.«
»Oh, das wird aufregend«, murmelte Natalia.
»Ich bin dabei.«
»Ich bin gespannt, was es damit auf sich hat. Trotzdem… dieser Typ, den du gesehen hast… er kann noch irgendwo in der Nähe sein«, meinte Laura.
»Vielleicht versteckt er sich ja hier irgendwo.«
Natalia drehte sich um und suchte die Umgebung mit ihren Blicken ab.
»Schaut mal, da.«
Sie deutete auf eine Stelle, die mitten auf einer Steigung lag.

Hinter Bäumen und Büschen verdeckt konnte Jaxon ein altes, verfallenes Bauwerk sehen. Er ging voraus, die anderen folgten ihm. Der Waldboden fühlte sich weich unter seinen Schuhen an, es ging über Moos, kleinere Stöcker und staubige Erde nach oben. Im Schatten war es gleich deutlich angenehmer, die Bäume schirmten die Sonne ab und ließen nur einige wenige Strahlen durch. Es war hier viel erträglicher als am Strand, auch, wenn dort das kühle Wasser in der Nähe war. Das abgewrackte Haus bestand aus grauen Steinwänden, die an den meisten Stellen bereits vollständig in sich zusammengefallen waren. Jaxon blickte sich ein letztes Mal um. Außer seinen Freunden war keine Menschenseele in der Nähe. Hier unten im Wald gab es auch keine Stellplätze, weshalb sich kein Zelt oder Wohnwagen in der Nähe befand. Es war fast eine gespenstische Umgebung, in der sich kein Mensch aufhalten sollte - ein Gedanke, den das Holzkreuz noch bestärkte. Jaxon schritt als erster auf die Ruine zu und setzte einen Fuß in das verfallene Bauwerk. Der Boden war über und über mit weißem Gesteinsstaub bedeckt, und an den Wänden war außer vereinzelten kaputten Fliesen und Rissen, die sich durch die Steinfassade zogen, nichts zu sehen. Im ersten Bereich hing ein loses Abwasserrohr aus einem Loch in der Wand, darüber die Reste eines zerbrochenen Waschbeckens. Glasscherben, die wohl von einem Spiegel stammten, säumten den Boden. Jaxon wagte sich vorsichtig in den nächsten Bereich, der etwas kleiner war. Schutt bedeckte den Boden sonst gab es nichts zu sehen. Die Wände waren mit bunten Graffiti Botschaften versehen, und Jaxon versuchte, einige davon zu entziffern. Die Texte, die dort standen, waren größtenteils vulgär. Vieles war nicht mehr lesbar, da die Farbe verwaschen war. Zeichnungen und Wortkonstellation, die keinen Sinn ergaben… Jaxon wandte sich ab. Hier gab es nicht sehr viel zu sehen. Er strich über den feinen Stein und sah, wie der Staub auf seiner Hand haften blieb. Diese Ruine war wirklich schon uralt und verfallen, er vermutete, dass es sich um eine alte Sanitäranlage handelte. An der Rückseite befand sich bloß eine leere, rechteckige Öffnung, ein Ort, an dem sich wohl mal eine Fensterscheibe befunden hatte. Reste davon gab es keine zu sehen. Es roch nach altem, staubigem Putz.

»Hier gibt's nichts zu sehen«, meinte Natalia.

»Doch«, kam es aus dem anderen Raum, dem Bereich, in dem Jaxon und die anderen zuvor gewesen waren. Maxwell war dort zurückgeblieben und hatte die Dinge, die dort standen, näher in Augenschein genommen.

»Ich habe einen Zettel gefunden. Er steckte im Abflussrohr.« Maxwell wedelte mit dem zusammengefalteten Papier herum. Jaxon rümpfte die Nase. Es war mit braunen Schlieren beschmiert und strahlte einen unangenehmen Geruch aus. Natalia wandte sich direkt ab und hielt sich eine Hand vor die Nase.

»Was steht drin?«

Maxwell faltete es auf und las den Text, der dort geschrieben stand, vor.

»Eine Million Unglücke, eine Million Kämpfe, eine Million Wünsche. Eine Million US-Dollar? Der Wächter der Mühle hütet den verborgenen Schatz. Folgt seinem Ruf, und ihr werdet mit Glück und Reichtum überschüttet.«

Einen Moment noch starrte er auf das Blatt Papier, ehe er den Kopf schüttelte und es wieder an den ursprünglichen Platz steckte.

»Ich glaube, da möchte uns jemand gehörig auf den Arm nehmen.«

Jaxon ging ein paar Schritte zurück und kniete sich hin.
»Der Zettel steckte einfach so im Rohr?«, fragte er mit heraufgezogener Augenbraue.
»Ja.«
»Das kann sich nur um einen Scherz handeln«, murmelte Laura.
»Aber was, wenn nicht?«, fragte Jaxon.
»Du glaubst, da ist ein Schatz versteckt?«
»Ach, keine Ahnung. Es ist schon sehr seltsam. Erst der Typ mit dem Kreuz, dann der Zettel... wir wollten uns die Mühle eh später ansehen, oder? Es schadet sicherlich nicht, sie etwas genauer zu inspizieren.«
»Eine Million US-Dollar«, murmelte Natalia.
»Aber wieso sollte sie jemand dort verstecken?«
Jaxon zuckte mit den Schultern.
»Ich weiß es nicht.«
Er legte eine kurze Pause ein.
»Lasst uns dorthin«, meinte er schließlich.
Maxwell sah ihn eindringlich an.
»Jetzt?«
»Jetzt.«
Jaxon war sich seiner Sache absolut sicher. Der Hinweis konnte ein schlechter Scherz sein - aber was, wenn dort etwas Wahres dran war? Andererseits... wer sollte dort einfach so eine Million Dollar verstecken?
»Dann haben wir wenigstens etwas zu tun.«
Natalia rückte sich ihre Sonnenbrille zurecht, die vorher etwas locker auf der Nase gesessen hatte.
»Mit einer Million können wir um die komplette Welt reisen.«
Maxwell grinste.
»Du bist so naiv, Nati. Glaubst du wirklich, wir finden dort et-

was?«
»Warum nicht? Man muss es wenigstens ins Auge fassen.«
Jaxon nickte.
»Da gebe ich dir recht. Also, Leute, wir wissen, was wir als Nächstes zu tun haben.«
Der Weg zur Mühle führte sie erstmal wieder zurück um den See, zu der Badestelle, an der sie zuvor noch gelegen hatten. Den Berg hinauf ging es dann wieder zur Zeltwiese. Gary und Mathilde saßen nicht mehr vor ihrem Wohnmobil, sie hatten den Platz augenscheinlich kurzzeitig verlassen. Sie passierten die Wiese und anschließend das Maisfeld zu ihrer Linken. Direkt danach kam die Bäckerei. Die Straße führte direkt auf die Schranke zu, durch die sie vorhin auf das Gelände des Campingplatzes gekommen waren. Schon aus der Ferne war das große, bunte Schild des *Camp Seaside* zu sehen, Jaxon nahm zur Kenntnis, dass es wirklich eine gigantische Größe hatte. Man hatte es bei der Anreise schon von der Straße aus sehen können. Um das Getreidefeld neben der Rezeption schlängelte sich ein Wanderweg, der genau zur Mühle führte. Die Flügel glitten sanft durch die Luft und näherten sich dann dem Boden, ehe sie wieder in die Höhe stiegen. Ein kleiner Wegweiser am Rande des Weges verriet ihnen, dass es bloß zwanzig Minuten dauern würde, bis man die Mühle erreicht haben würde. Jaxon ging voraus über den staubigen Feldweg, Natalia folgte ihm und mit etwas Abstand kamen dann auch Maxwell und Laura hinterher. Sie unterhielten sich gerade über irgendetwas, was für Jaxon aus der Ferne nicht zu verstehen war. Laura lachte und boxte Maxwell leicht gegen den Oberarm, woraufhin dieser auch grinsen musste. Natalia ließ sich zurückfallen, die lockeren Worte schienen ihr Interesse geweckt zu haben. Jaxon spür-

te, wie seine Nase zu kribbeln begann. Seit Jahren litt er schon an einer heftigen Allergie, zudem hatte er heute Morgen seine Tabletten nicht genommen. Seine Augen begannen ebenfalls zu jucken, doch er versuchte, sich dem Drang nicht hinzugeben. Denn würde er damit erstmal anfangen, würde er nicht mehr aufhören können.

»Mama, ich habe Hunger.«

Aus der Ferne war die Stimme eines quengelnden Kindes zu hören. Sie kam aus der Richtung, in die sie gerade gingen – und wenig später waren hinter der nächsten Biegung eine etwa dreißig Jahre alte Frau und ein zehnjähriges Kind zu sehen.

»Wir sind doch gleich am Platz.«

Jaxon sah, dass die Mutter versuchte, ihre Stimmung nicht heraushängen zu lassen. Sie war von ihrem Sohn genervt, das war ihr deutlich anzusehen.

»Ich will aber jetzt...«

»Henry!«

Ihre Stimme wurde lauter und hatte einen scharfen, eindringlichen Befehlston angenommen.

»Wir sind in fünf Minuten am Zelt.«

Der Junge murmelte etwas Unverständliches vor sich hin und gab dann Ruhe. Als die Gruppe an ihr vorbeiging, lächelte sie und wünschte einen schönen Tag. Maxwell nickte ihr zu und wandte sich dann wieder nach vorne. Als beide außer Hörweite waren, sagte er:

»Ich finde Kinder so unfassbar nervig.«

Natalia nickte sofort. Jaxon kannte ihre Haltung dazu – sie, das stand bereits fest, würde nie im Leben Kinder bekommen wollen. Immer, wenn sie in der Öffentlichkeit auf welche trafen, machte sie keinen Hehl aus dem, was sie diesbezüglich dachte.

»Da kann ich dir nur zustimmen. Es liegt aber auch oft an der Erziehung.«

Je tiefer sie in das Feld gingen, desto dichter wurde es. Der Weg schlängelte sich durch, sie folgten ihm, bis sie nach den angegebenen zwanzig Minuten die Mühle erreicht hatten. Sie war in einem relativ guten Zustand. Die weiße Farbe war an den Flügeln schon etwas abgeblättert. Ein Bogengang, der oberhalb mit Mauersteinen bedeckt war, führte ins Innere. Jaxon musste sich ducken, um sich nicht den Kopf zu stoßen. Er trat als erster ins Innere der Mühle und wurde von stickiger Dunkelheit empfangen.

5

Die Zeit war doch recht schnell vergangen. Sebastian war noch ein weiteres Mal über den Platz gegangen, hatte die Menschen beobachtet, die bereits am Ufer des Sees lagen und sich sonnten. Schließlich, er war über den Weg, der ihm zum Biergarten führte, zurückgegangen, sah er, wie Brenda aus dem Inneren trat und das Häuschen abschloss. Sie hatte ein Schild angehängt, welches darauf hinwies, dass der Biergarten zwischen zwölf und vierzehn Uhr geschlossen hatte.

Es war schließlich kurz nach zwölf, als Brenda aus dem Inneren trat. Sie sah wirklich umwerfend aus. Sebastian spürte, wie sein Herzschlag bei ihrem Anblick in die Höhe schoss. Er fühlte sich wieder wie in seinen jungen Jahren. Er hatte sich in den letzten zwei Stunden auf jede einzelne Situation vorbereitet - wusste aber im selben Atemzug, dass es sowieso wieder anders kommen würde, als er dachte. Er hatte in der Schublade seines Schreibtisches noch einen Rest Haargel und eine Flasche Parfum gefunden, beides hatte er angewendet und er war gespannt, wie sie darauf reagieren würde. Sie umarmten sich, jedoch nur sehr kurz und flüchtig. Direkt danach sah sie ihn an.

»Du hast dich ja richtig schick gemacht. Dann lass uns mal zum See.«

Sebastian war froh, dass er seine Badehose bereits angezogen und ein Handtuch dabei hatte. Er war top vorbereitet - Brenda hingegen musste sich noch umziehen. Sie bezog eine Parzelle in der Nähe des Biergartens, eine kleine Hütte mit allen Dingen, die sie täglich gebrauchen konnte. Abends musste sie dann knapp dreißig Meilen fahren, bis sie zuhause angekommen war.

Sie hatte nur davon erzählt, als sie sich das letzte Mal etwas länger unterhalten hatten. Sebastian hätte sie gerne mal besucht, doch sie hatte nie ein entsprechendes Angebot gemacht – vielleicht war es ja heute so weit.
»Ich bin gleich da.«
Sie hatten die kleine Hütte, den Würfel, wie Brenda sie aufgrund der quadratischen Form immer genannt hatte, erreicht. Sebastian setzte sich auf eine Bank in der Nähe und wartete, bis Brenda sich einen Bikini angezogen hatte. Sie kam mit einer Tube Sonnencreme wieder heraus und sagte:
»Kannst du mich bitte eincremen? Die Sonne brennt ziemlich.«
Sebastian nickte und spürte, wie ein Kribbeln durch seinen Körper zog. Sie drehte sich um und wandte ihm den Rücken zu. Langsam drückte er etwas Creme aus der Tube und rieb ihren Rücken ein. Ihre Haut fühlte sich warm und weich an, ohne Makel... Sebastian geriet wieder ins Träumen. Sie strahlte einen Geruch aus, der seine Sinne benebelte. Er ging akribisch und genau vor, versuchte, jeden einzelnen Fleck ihres Rückens einzucremen. Wenig später, der Moment war viel zu schnell vergangen, sagte sie:
»Danke, das reicht. Willst du auch?«
Sebastian nickte, und nun begann sie, seinen Rücken einzucremen. Er bekam eine Gänsehaut, als ihre Hände über seinen Rücken strichen, genoss ihren warmen Atem in seinem Nacken. Wenig später gingen sie bereits den Berg runter, der direkt zum See führte. Sebastian ging vor und wollte gerade schon den Weg zur großen Badestelle einschlagen, an der sich viele Menschen tummelten, als er Brendas Hand auf seiner Schulter spürte.
»Wo willst du hin?«, fragte sie.
»Zum Wasser«, antwortete Sebastian irritiert.

Brenda lachte.
»Aber doch nicht hier. Es gibt doch viele schönere Stellen.«
Damit hatte sie nicht unrecht. Rund um den See gab es viele kleineren Stellen, an denen das Ufer nur wenige Meter breit war. *Zudem sind wir dort unter uns.* Sebastian konnte noch nicht einordnen, ob er das gut oder schlecht fand. *Wir werden sehen.* Brenda ging nun voraus und führte ihn durch das hohe Gras, welches den Durchgang, der zu dem Weg um den See herum führte, einkesselte. Sie hatte ihre dunkelblonden Haare zu einem Pferdeschwanz zusammengebunden und sah so fast noch besser aus. Fünf Minuten später hatten sie, nach einem Gang durch Busch und Dickicht des Waldes, eine Stelle erreicht, die Sebastian als solche noch gar nicht gekannt hatte. Der Abschnitt gehörte nicht mehr zum Campingplatz, er lag etwas abgelegen am Rand des Sees. Das Blätterdach eines über den See wachsenden Baumes schirmte die Sonne ab und sorgte für angenehmen Schatten. Das Bild, wie die Sonnenstrahlen auf dem Wasser brachen und in der Gegend reflektierten, wirkte wie gemalt. Es war rundum perfekt.
»Komm rein, oder willst du die ganze Zeit nur gucken?«
Brenda befand sich bereits im hüfthohen Wasser, lehnte sich zurück und ließ sich treiben. Sebastian wartete noch ein paar Sekunden, ehe er sich dann auch zögerlich ins kühle Nass wagte. Er hatte es die letzten Tage versäumt, den Strand aufzusuchen und die Erfrischung zu genießen. Allein hatte er da wenig Lust zu gehabt und sich lieber anderen, kleineren Dingen zugewandt, die auch erledigt werden mussten. Es hielt sich zunächst keine Menschenseele in der Nähe auf - bis dann, wenige Augenblicke später, Schritte zu hören waren, die aus der Richtung kamen, in der der tiefere Wald lag.

»Eine Million Dollar«, waren die ersten Worte, die von der Gruppe herüberschwappten.

Sebastian wurde sofort hellhörig. *Worüber sprechen die?* Er drehte sich um und wandte sein Gehör der Richtung zu, aus der die Worte gekommen waren.

»Man, das ist ja alles ziemlich aufregend. Ein Schatz in einer alten Mühle.«

Er konnte nun auch sehen, von wem die Worte gekommen waren. Es handelte sich um die Gruppe, die am heutigen Morgen auf dem *Camp Seaside* angekommen war. *Vier Leute, die über eine Million Dollar sprechen, die in der alten Mühle versteckt sein sollten?* Sebastian musste grinsen. *Die spinnen doch total.*

Er hörte plötzlich, wie Brenda von hinten näherkam und drehte sich um.

»Hast du das gehört?«, fragte sie.

Sebastian nickte. Sie konnte damit nur das meinen, über das er selbst gerade nachdachte.

»Die Mühle ist recht alt und lockt zahlreiche Touristen an. Besonders der Mythos um den Wächter der Mühle kursiert hin und wieder bei den Leuten, die anreisen, um das Bauwerk zu besichtigen.«

Er legte eine kurze Pause ein.

»Aber von einem Schatz höre ich das erste Mal. Es ist wahrscheinlich alles nur Spinnerei.«

»Aber was, wenn nicht? Die kommen ja nicht einfach so darauf. Stell dir doch nur mal vor, was man mit dem Geld alles machen könnte.«

»Wer sollte eine Million Dollar in einer Getreidemühle verstecken? Sie ist immer noch in Betrieb. Wie soll das funktionieren?«

»Keine Ahnung. Im Schutz der Dunkelheit soll ja alles möglich sein. Wer weiß, vielleicht stammt das alles ja aus einem Überfall und das Geld musste an einem sicheren Ort versteckt werden.«

Brenda schien sich ihrer Sache sicher zu sein - auch, wenn sie das etwas leichtgläubig und naiv wirken ließ. Sebastian überlegte, was er sagen konnte, und legte sich seine nächsten Worte genauestens zurecht.

»Dann lass uns doch heute Abend nach deiner Schicht mal dort vorbeischauen.«

Brenda lachte.

»Wir könnten auch jetzt gehen.«

»Aber du musst doch gleich wieder zum Biergarten?«

»Ach was.«

Sie machte eine wegwerfende Geste mit der Hand.

»Ich rufe einfach Barbara an. Die hat sowieso nichts vor und wird mich sicherlich heute Nachmittag vertreten.«

Barbara war ihre Stiefschwester, zu der sie ein gutes Verhältnis pflegte. Oftmals half sie ihr im Biergarten aus, wenn mal mehr zu tun war. Sie wohnte in der Nähe des *Camp Seaside*, bloß fünf Minuten mit dem Auto entfernt. Sie hatten das Ufer nun beide wieder erreicht und trockneten sich ab. Sebastian genoss noch einmal den Blick, den diese Badestelle hergab. Brenda passte perfekt in die Szenerie. Sie nahm das Haargummi ab, öffnete ihre Haare und ließ sie sich über die Schultern fallen. Das Wasser perlte über ihren Körper, ein dünnes Rinnsal floss über ihre Brust, ehe es im Ausschnitt verschwand. Brenda schien seine Blicke nicht bemerkt zu haben - oder aber sie nahm sie einfach so hin und ließ sich das nicht anmerken. Nachdem auch Sebastian sich etwas abgetrocknet und das neongelbe T-Shirt mit dem

Logo des Camp Seaside wieder übergezogen hatte, traten sie den Rückweg zu Brendas Parzelle an.
»Willst du dich noch umziehen?«
Sebastian schüttelte den Kopf.
»Quatsch. Ich gehe so. Ist doch warm.«
»Deine Pause endet aber doch um vierzehn Uhr, oder nicht?«
»John macht das schon. Ich habe in letzter Zeit so oft auf meine Pause verzichtet, da kommt es auf ein paar Minuten nicht an. Zudem sind heute nicht so viele Anreisen geplant - die Leute, die spontan kommen, mal ausgenommen.«
»Und das sollten heute nicht wenige sein. Das Wetter ist fantastisch.«
Sie hatten wenig später Brendas Parzelle erreicht. Sebastian setzte sich wieder auf die Bank und wartete, bis sie ihre Stiefschwester angerufen und sich umgezogen hatte. Es dauerte knapp fünf Minuten, bis sie wieder auf den Asphalt trat.
»Sie ist in zehn Minuten da. Lass uns ruhig so lange warten, ich würde gerne noch ein paar Worte mit ihr wechseln. Ich habe sie lange nicht mehr gesehen.«
Sebastian nickte.
»Möchtest du was trinken? Ich habe aber nur Mineralwasser hier.«
»Macht nichts. Ja, gerne.«
Brenda reichte ihm einen Becher, öffnete den Kühlschrank und holte die Glasflasche heraus. Daraus schenkte sie ihm etwas ein, und Sebastian leerte den Papierbecher mit einem Schluck.
»Danke.«
Sie lächelte. Danach warteten beide darauf, bis Barbara ihren roten Mini Cooper direkt vor der Parzelle abstellte. Sie öffnete die Tür des Wagens und stieg aus. Sie hatte sich die blonden

Haare hochgesteckt und mit einer Haarklammer befestigt. Zudem trug sie ein auffälliges Make Up, unter anderem einen lila Lidschatten. Perlenohrringe, die aus der Ferne wie feine Eiskristalle aussahen, baumelten ihr an beiden Ohren herunter. Sie trug, im Gegensatz zu Brenda, auch ziemlich aufreizende Klamotten und schien sich kurz vorher extra für den Biergarten zurecht gemacht haben. Als sie Brenda erblickte, lächelte sie und umarmte ihre Stiefschwester. Sebastian schüttelte ihr verhalten die Hand, er hatte sie bisher nur aus Geschichten gekannt und war ihr noch nie begegnet.
»Das ist Sebastian«, meinte Brenda fröhlich.
»Er ist der Platzwart und ein guter Freund.«
Sie zwinkerte ihm zu. Barbara lächelte und wirkte direkt herzlicher.
»Hallo, Sebastian. Du hast hier also den Überblick über alles?«
Sebastian nickte.
»Ja, so ist das. Das ist mein Job.«
»Ich glaube, es wird nicht viel los sein heute Nachmittag«, meinte Brenda an Barbara gewandt.
»Ich würde mich aber freuen, wenn du mir heute Abend auch hilfst.«
Barbara zögerte einen Moment, bis sie dann nickte.
»Das wird aber teuer, Schwesterherz.«
Sie lachte.
»Nein, alles gut. Genießt ihr mal das schöne Wetter.«
Brenda schien ihr nicht erzählt zu haben, wozu sie die Zeit nutzen wollten. *Auch gut*, dachte Sebastian. *So können wir uns in aller Ruhe in der Mühle umsehen.* Er erwartete absolut nicht, irgendetwas zu finden - wollte aber trotzdem jede Möglichkeit ins Auge fassen. Zudem konnte er so noch mehr Zeit mit Brenda

verbringen, ein weiterer, positiver Aspekt.
»Komm, es ist alles abgesprochen.«
Brenda reichte Barbara den Schlüssel für den Biergarten.
»Pass mir gut auf die Leute auf.«
»Mache ich. Und nun fort mit euch.«
Sebastian konnte Barbaras Blick noch lange in seinem Rücken spüren. Sie mussten den Weg nehmen, der sie an den Zeltwiesen vorbei zurück zur Anmeldung führte. John saß weiterhin im Haus mit der Schranke und war gerade damit beschäftigt, ein Motorradmagazin zu lesen.
»Ich bin noch mal eine Weile weg«, meinte Sebastian, als sie das kleine Häuschen passierte.
»Könnte heute etwas später werden.«
John verzog das Gesicht zu einem leichten Lächeln, als er von Brendas Anwesenheit Kenntnis nahm. Hier auf dem Platz kannte jeder jeden – und jeder hatte zu jedem ein gutes, freundschaftliches Verhältnis.
»Viel Spaß euch.«
Er nahm einen Schluck Kaffee und stellte die Porzellantasse mit dem abgebrochenen Henkel zurück auf die Ablage. Sebastian und Brenda mussten nun den Wanderweg nehmen, der sie mitten durch das Getreidefeld und um ein anderes Feld herum zur Mühle führen würde. Hier im Feld war es noch heißer als überall anders, die Sonne brannte auf sie herunter und es gab keine Stelle, an der sie sich vor den Strahlen schützen konnten. Zu beiden Seiten raschelte es, und Sebastian wurde dieses merkwürdige Gefühl nicht los. Er fühlte sich, seit sie den Wanderweg betreten hatten, irgendwie beobachtet. Die unnachgiebige Sonne und die stickige Luft im Feld sorgten auch dafür, dass er schnell zu schwitzen begann. Kein anderer Mensch war weit

und breit zu sehen. Das war um diese Uhrzeit und bei dieser Hitze nicht ungewöhnlich, tatsächlich hatte die alte Getreidemühle mit der Zeit immer weniger Leute angezogen.
»Warte mal bitte!«
Sebastian hatte gar nicht bemerkt, dass Brenda ein paar Schritte zurückgefallen war. Sie blieb an einer Stelle stehen, an der der Boden etwas aufgewühlt war.
»Komm mal bitte.«
Sebastian ging die paar Meter zurück und sah sich das, was sie entdeckt hatte, näher an. An der Stelle, an der der Weg ins Feld mündete, lag eine Schriftrolle mit Holzgriffen auf dem Boden.
»Das ist eine Schatzkarte!«, sagte Brenda aufgeregt, als sie das Papier aufgerollt hatte.

6

Gary und Mathilde hatten den Abwasch erstmal stehen gelassen und die Tätigkeit auf den Abend verschoben. Sie hatten sich dazu entschieden, lieber den Spaziergang um den See anzutreten – und hatten ebenfalls von den Worten, die Jaxon gesprochen hatte, Kenntnis genommen. Zu dem Zeitpunkt, an dem die Gruppe sich in der Ruine aufgehalten hatte, waren sie ganz in der Nähe auf dem Wanderweg gewesen.
»Eine Million Dollar. Wahnsinn«, murmelte Gary.
Er hatte gerade erst letztens eine Reportage über Goldgräber in den Tiefen der Antarktis gesehen. Nun, bei dieser Sache handelte es sich zwar nicht um Gold, aber dennoch um eine beachtliche Summe Geld – wenn denn das stimmte, was die jungen Leute da von sich gegeben hatten. Doch sie hatten bei dem kurzen Gespräch, was sie zuvor geführt hatten, einen ordentlichen Eindruck auf ihn gemacht.
»Wir sollten uns das ansehen, Schatzilein.«
Gary blickte Mathilde in die Augen.
»Der Weg ist recht weit. Schaffst du das?«
Sie lachte.
»Mit Leichtigkeit. Du etwa nicht?«
»Natürlich.«
Gary spürte, wie ihm die frische Luft sichtlich guttat. Die Kopfschmerzen die während der anstrengenden Fahrt am Steuer des Wohnmobils aufgekommen waren, waren wieder so gut wie verschwunden. Mit jedem weiteren Schritt fühlte Gary sich besser. Der Weg zur Mühle dauerte eine halbe Stunde. Gary war froh, dass er zuvor seine Schiebermütze aufgesetzt hatte und so-

mit zumindest etwas vor der Sonne geschützt war. Es war jetzt schon nach dreizehn Uhr und fortgeschrittene Mittagszeit. Die Grillen zirpten im hohen Gras, welches das Getreidefeld umgab. Die Mühle wirkte aus der Nähe wirklich gigantisch, die weißen Flügel schnitten durch die Luft und gaben ein leises Surren von sich.

»Dann lass uns die Mühle mal näher ins Auge fassen«, sagte Gary schließlich und tat den ersten Schritt ins Innere.

Ein halbrunder Durchgang führte direkt in einen dunklen Bereich. Nur wenig Tageslicht drang durch den Eingang hindurch und die Luft stand im Inneren. In der Nähe befand sich ein Behälter, der über und über mit alten Getreideresten gefüllt war. An der Seite führte eine Wendeltreppe hinauf, die schließlich an einer Stelle endete, an der man durch einen weiteren Durchgang wieder nach draußen kam. Die Dielen knarrten gefühlt im gesamten Teil der Mühle, obwohl sonst keine weiteren Menschen zu sehen waren. Allerdings war auch nicht jeder Bereich der Mühle von der Position, an der Gary und Mathilde standen, einsehbar. Mathilde setzte sich ihren Strohhut ab und wischte sich einen Schweißfilm von der Stirn.

»Auf dem Weg war es ja schon warm. Aber diese stickige Luft, die tut mir gar nicht gut.«

»Willst du hier unten warten?«

»Den Blick von oben aus will ich mir auch nicht entgehen lassen. Komm.«

Gary ging voraus, Mathilde folgte ihm die morschen Stufen hinauf. An der Wand gab es immer mal wieder Stellen, an denen tiefe Risse das Mauerwerk durchzogen. Zudem waren an einigen Punkten schwarze Kreuze aufgemalt, Gary versuchte, eine Regelmäßigkeit in den Zeichnungen zu erkennen, sah jedoch keine. Mal lagen fünf Stufen zwischen zwei Kreuzen, dann nur drei und dann wiederum acht. Mathilde blieb einen Moment lang stehen, hustete und keuchte.

»Das ist echt ein Kraftakt. Vor zwei Jahren hätte ich das noch ohne Probleme geschafft.«

Gary nickte. Seit sie wegen der Lungenembolie intensivmedizinisch behandelt worden war, hatte sie viel Kraft einbüßen müssen. Es war für sie kein Problem, mal einen etwas längeren Spaziergang zu machen, doch so viele Treppenstufen waren dann doch zu viel. Gary spürte ja selbst, wie ihm jede weitere Stufe mehr in die Knochen ging.

»Wir sind ja bald oben. Komm.«

Gary streckte seine Hand aus, Mathilde nahm diese dankend an und bewältigte mit seiner Hilfe Stufe um Stufe. Holzbalken verliefen seitlich über das Mauerwerk, doch auch diese wirkten ziemlich alt und marode. Zwei Minuten später hatten sie das Ende der Treppe erreicht - zu ihrer rechten gab es eine Brüstung, die nur von einem Holzgeländer abgeschirmt wurde. Dahinter ging es steil runter, bis ganz unten dann ein randvoller Getreidetank zu sehen war. Die Entfernung zum Boden war ziemlich groß, Gary spürte, wie ihm bei dem Anblick die Knie zitterten. Die Höhenangst, die ihn seit Jahren plagte, hatte er in der Zwischenzeit einfach vergessen - zu lange war es her, dass er sich in einer solchen Höhe befunden hatte. Direkt hinter ihnen lag der Gang, der durch die Mauer ins Freie führte. Gary ging als erster hindurch und war erleichtert, dass er die Stelle, an der es steil hinunter ging, nun hinter sich gelassen hatte. Sie befanden sich auf einer Art Terrasse, auf der sie einen Ausblick auf das Feld und den Campingplatz genießen konnten. Hier fühlte sich Gary sicherer - man konnte nicht sehen, wie weit es hinun-

terging, sondern nur, was in der Ferne so vor sich ging.
»Hier sieht es zwar relativ schön aus, aber eine Million Dollar werden wir hier nicht finden.«
Mathilde blickte ihn nach seinen Worten an.
»Ich brauche eine kleine Pause. Lass uns doch etwas warten.«
Sie hustete.
»Das war wohl leider ein Ticken zu viel.«
Gary zuckte mit den Schultern - so langsam kam ihm das wie ein Hirngespinst vor. *Es gibt keinen Schatz. Das ist nur eine verdammte, alte Mühle.*
»Klar, wir können warten. Lass uns den Ausblick noch eine Weile genießen.«
Hier oben wehte ein frischer Wind, und die Flügel der Mühle spendeten zudem angenehmen Schatten. *Hier kann man gut und gerne eine Weile bleiben.* Gary hatte sich bereits vorgenommen, am kommenden Tag etwas aus der Handwerksbäckerei zu holen. Er war gespannt, wie das frischgebackene Brot im Gegensatz zu dem, welches er sonst im Supermarkt um die Ecke holte, schmecken würde.

Während Gary und Mathilde auf dem kleinen Vorsprung bei der Mühle den Ausblick genossen, befand sich die Gruppe rund um Jaxon, Natalia, Maxwell und Laura im unteren Teil. Jaxon war zuerst durch den Durchgang getreten, der ins Innere führte, und hatte direkt eine Tür an der hinteren Wand entdeckt. Es handelte sich um eine Holztür, die mit einem Riegel gesichert war. Jaxon bückte sich und inspizierte das Holz genauer. Es war von feinen Kratzern übersehen, und die Metallstreben, die sich durch die Dielen zogen, waren an den meisten Stellen bereits komplett verrostet. Natalia drückte derweil die Klinke herunter und sagte:

»Sie ist verschlossen.«

»Es ist ja auch ein Riegel davor.«

Jaxon schob selbigen zurück, öffnete die Tür und blickte ins Innere. Vor ihnen lag nun ein kurzer Gang, der nur spärlich beleuchtet war. Zu beiden Seiten gab es noch eine Tür, ehe es am Ende durch einen Rahmen in den hinteren Teil ging. Jaxon prüfte die erste Tür auf der rechten Seite. Sie war nicht abgeschlossen, und als er sie öffnete, kam ihm direkt eine Ladung Getreidereste entgegen. Er musste sich gegen die Tür stemmen, um zu verhindern, dass alles auf den Gang rieselte. Er schaffte es nicht allein - gemeinsam mit Maxwell und unter vereinten Kräften saß die Tür jedoch nach zehn Sekunden wieder im Rahmen.

»Verdammt«, meinte Jaxon.

Natalia lachte einfach nur.

»Du bist mitunter so tollpatschig.«

»Das konnte ich ja wohl kaum ahnen.«

Jaxon klang patziger, als er es beabsichtigt hatte.

»War ein Spaß«, murmelte Natalia nur.

»Weiß ich doch.«

Er versuchte nun, ihr mit einem Lächeln zu zeigen, dass alles okay war.

»Die andere Tür solltest du ohne Probleme öffnen können. Zu beiden Seiten wird wohl kaum ein Getreidesilo liegen.«

Jaxon war froh, dass Maxwell die angespannte Stimmung durchbrach. Er drehte sich zur Tür auf der linken Seite um und versuchte, diese zu öffnen - doch sie war verschlossen. Dieses Mal gab es auch keinen Riegel, die Tür war stattdessen mit einem Schloss gesichert.

»Hier kommen wir nicht rein«, meinte er.

Maxwell zog eine Augenbraue hoch.
»Na dann lasst es uns doch mit aller Kraft versuchen. Was ist ein besserer Ort für einen Schatz als ein versperrter Raum? Vielleicht stehen wir ja auch vor einem Rätsel, welches wir erst noch lösen müssen.«

»Das Kreuz markiert die Stelle«, murmelte Brenda.
»Was meinst du?«
»Das steht da unten.«
Auf der Karte war eine detaillierte Zeichnung vom Inneren der Mühle zu sehen. Der, der sie angefertigt hatte, musste Künstler sein, dessen war Sebastian sich sicher. Feine Linien zeigten jedes Detail - und ein feines rotes Kreuz in der Mitte verriet vermutlich den Ort.
»Komm, wir müssen dahin!«
Brenda reichte ihm die Karte. Sie hatten die Mühle wenig später erreicht und traten ins Innere. Sebastian warf einen flüchtigen Blick auf ebenjene Karte, hatte nun jedoch Schwierigkeiten, zu erkennen, ob sich das Kreuz im oberen oder unteren Bereich befand.
»Das ist echt aufregend«, meinte Brenda.
»Wo müssen wir lang?«
Sie hatte ihm das Kartenlesen überlassen, weshalb Sebastian kurz grinsen musste.
»Ich weiß es nicht«, sagte er dann.
»Wir können es ja erst mal hier unten versuchen.«
Sebastian kannte die Mühle bereits von früheren Rundgängen. Er war lange nicht mehr hier gewesen, doch es gab einen interessanten, fast mysteriösen Bereich im unteren Teil, den er sich dringend zuerst ansehen wollte. *Das mit dem Kreuz passt auch*

in etwa. Wenn der Schatz wirklich existiert, dann doch wohl da.
Er drehte sich einmal um die eigene Achse. Hier unten gab es drei Türen, die in drei verschiedene Bereiche führten. Durch die eine gelangte man ins Getreidesilo, die zweite führte in eine Abstellkammer und die dritte schließlich in eine Art Gefängniszelle. Er suchte die letzte auf, die etwas verborgen hinter der Wendeltreppe lag. Eine Menge Staub schlug ihm entgegen, als er die Tür öffnete. Hier schien sich tatsächlich schon seit einer ganzen Weile niemand mehr aufgehalten zu haben. Sebastian verschluckte sich am Staub und hustete.
»Was ist das?«, fragte Brenda, als sie die Zelle entdeckt hatte.
Selbige war so groß, dass eine Person dort genug Platz hatte. Der Boden war mit einer Schicht Ruß überzogen, und die dunkelgrauen Steine waren im Laufe der Zeit bereits verblichen. Doch dann... Sebastian ließ seinen Blick schweifen, senkte ihn zu Boden, und entdeckte schließlich das Kreuz.
»Da ist es!«
Brenda kam näher, und wenig später knieten sie beide um die Stelle im Boden.
»Bestimmt unter dem Stein«, murmelte Brenda.
Sebastian versuchte, mit seinen Fingern den Stein aus der Erde zu bekommen, blieb jedoch hängen und riss sich den Fingernagel ab.
»Verdammt«, murmelte er.
Blut lief über seinen Finger und sammelte sich schließlich in der Kuhle zwischen Zeige- und Mittelfinger. Er versuchte es erneut, dieses Mal mit der anderen Hand... und da sie beide darauf fokussiert waren, den Stein irgendwie vom Boden zu lösen, hatten sie gar nicht bemerkt, dass jemand weiteres durch die Tür in den Raum getreten war. Erst, als die Zellentür mit ei-

nem markerschütternd lauten Knall in den Rahmen fiel und das leise Klicken eines einrastenden Schlosses erklang, bemerkte Sebastian die Anwesenheit eines anderen - doch bevor er einen Blick auf denjenigen werfen konnte, der sie gerade in der Gefängniszelle eingesperrt hatte, war die Person bereits wieder im angrenzenden Raum verschwunden.

Fünf Minuten später hatten sich Gary und Mathilde dazu entschieden, den Rückweg in den unteren Bereich anzutreten. Oben gab es nicht mehr viel zu sehen, sie hatten dort bereits alles in Augenschein genommen. Gary trat ein paar Schritte zurück und ging durch den Durchgang wieder ins Innere der Mühle. Er beugte sich über die Brüstung und blickte nach unten. Der Anblick machte ihn schwindelig… er wusste nicht, warum er das tat, es fühlte sich für ihn nicht gut an. Er wollte langsam ein paar Schritte zurücktreten, geriet jedoch ins Taumeln, weshalb er sich am Geländer abstützen musste. Er merkte gerade noch, wie das Holz unter seinem Gewicht nachgab und zersplitterte. Es riss regelrecht aus der Verankerung, und so verlor auch Gary den Halt und stürzte schreiend in die Tiefe, bis sein Fall von den Getreideresten gestoppt wurde.

»Was für ein Rätsel?«, fragte Jaxon.
»Keine Ahnung«, meinte Maxwell.
»Aber es hat doch niemand einfach so eine Million Dollar zu verschenken. Entweder, das Geld stammt aus einem Überfall und dieser Ort hier dient als Versteck - oder, es ist ein Schatz, der schon seit langer Zeit hier liegt. Aber in beiden Fällen kann ich mir diese mysteriöse Botschaft nicht erklären.«
Jaxon hatte Schwierigkeiten, seinen Worten zu folgen. Er war

damit beschäftigt, herauszufinden, ob es einen Weg gab, die Tür zu öffnen. Das Schloss machte ihm da jedoch einen Strich durch die Rechnung.

»Das ergibt auch keinen Sinn«, meinte Natalia, die das Geschehen aus dem Hintergrund beobachtete.

»Ich meine, der Zettel steckte in einem Abwasserrohr. Es muss ja jemand darauf angelegt haben, dass wir ihn finden. Und das war ja nur Zufall, oder?«

Maxwell zuckte mit den Schultern.

»Der Zettel war schon ganz gut sichtbar im Rohr. Allerdings muss man da ja auch erst mal reingucken um ihn zu finden.«

»Lasst uns später darüber reden.«

Jaxon drehte sich um.

»Wir sollten erstmal weitergehen. Rechts ist das Silo und links können wir nicht rein.«

Genau in dem Moment, in dem er bereits daran war, durch den Rahmen im hinteren Teil in den nächsten Abschnitt zu treten, war ein lauter Schrei zu hören, dem ein dumpfer Knall folgte.

»Was war das?«, fragte Natalia.

Jaxon hatte das Geräusch nicht lokalisieren können. Er drehte sich um, doch nun hatte sich bereits wieder vollständige Stille über den Korridor gelegt, in dem sie sich gerade befanden.

»Ich weiß es nicht. Woher kam das Geräusch?«

»Ich glaube, aus dem Eingangsbereich.«

Maxwell trat als erster zurück in selbigen Raum, die anderen folgten ihm nach und nach. Zunächst war nichts zu sehen, was auf den lauten Knall hindeutete – ehe Schritte erklangen, die die Treppenstufen hinuntergelaufen kamen.

»Gary?«

Jaxon kam die Stimme bekannt vor – es handelte sich um Ma-

thilde, die ältere Frau, die gemeinsam mit ihrem Mann den Stellplatz neben ihnen auf der Zeltwiese bezogen hatte.
»Gary?«
Auch beim zweiten Mal kam keine Antwort.
»Ist was passiert?«, fragte Jaxon.
»Mein Mann ist gestürzt.«
Sie klang ziemlich aufgebracht.
»Wohin?«
»Ins Getreidesilo!«
Jaxon dachte gar nicht lange nach. Er lief zurück in den Korridor, und öffnete die Tür, die er bereits vor wenigen Minuten geöffnet hatte. Die Getreidereste strömten auf den Boden und der Raum leerte sich mehr und mehr. Er kämpfte sich voran, musste husten, als er ein paar Getreidekörner verschluckte. Es befand sich eine derart große Menge in dem Tank, dass es für ihn mit jeder weiteren Sekunde schwerer wurde, sich durchzuschlagen. Bald schon stand ihm das gemahlene Getreide bis zum Hals. Maxwell befand sich dicht hinter ihm, und zu zweit war es schließlich etwas leichter, voranzukommen. Den Stimmen nach zu urteilen, hatte Mathilde mittlerweile Natalia und Laura erreicht. Alle hielten sich noch im Eingangsbereich auf.
»Kommt ihr klar?«
Jaxon konnte nicht antworten, und auch Maxwell tat dies nicht. Sie waren zu sehr damit beschäftigt, sich durch das Getreide zu kämpfen. Sollte Gary wirklich in das Silo gefallen sein, dann zählte jetzt jede Sekunde. Es dauerte weitere zwei Minuten, bis sie den Körper entdeckt hatten. Das Getreide um den Kopf von Gary herum war über und über mit Blut beschmiert. Und als Jaxon den Auslöser sah, musste er würgen. *Wie ist das möglich?* Der Kopf des alten Mannes befand sich in einer merkwürdig

verrenkten Position... und beide Augäpfel waren ausgestochen.

7

Jaxon musste sich von der Leiche abwenden, und spürte, wie ihm bei dem Anblick übel wurde. *Wie ist das möglich?*, fragte er sich erneut. *Er ist von oben runtergefallen... es muss jemand anderes hier sein. Verdammt. Wir sollten schleunigst von hier verschwinden.* Er ließ seinen Blick schweifen und entdeckte nun etwas, was ihm zumindest etwas Aufschluss über das gab, was passiert sein konnte. An der Wand des Silos führte eine Stahlleiter immer tiefer, bis sie schließlich an einem kleinen Vorsprung an der Wand etwas oberhalb des Bodens endete.

»Er ist tot«, murmelte Maxwell.

»Der Sturz war allerdings nicht die Todesursache.«

Er sprach das Offensichtliche aus, Jaxon konnte nur nicken. Die Schritte kamen immer näher, und bald befanden sich auch Natalia, Laura, und schließlich auch Mathilde in dem Korridor.

»Was ist passiert?«

Die Stimme der alten Frau zitterte. Ihr Gesicht war kreidebleich und ihr stand der Schweiß auf der Stirn.

»Sehen Sie nicht hin.«

Jaxon kam es in diesem Moment richtiger vor, zum *Sie* überzugehen. Er wollte ihr den Blick auf ihren toten Mann nicht zumuten, musste aber versuchen, die Sache mit dem nötigen Respekt zu lösen.

»Wir müssen die Polizei rufen. Er ist tot.«

Maxwell war es schließlich, der die entscheidenden Worte aussprach. Mathilde sank in sich zusammen, verlor das Gleichgewicht und stürzte in Natalias Arme.

»Helft mir doch mal!«

Maxwell ging ein paar Schritte auf sie zu und nahm den Körper der Frau entgegen.
»Sie ist zusammengebrochen. Wir sollten einen Notarzt rufen.«
»Also... meint ihr wirklich, wir sollten das tun?«
Natalia stellte die Frage, die Jaxon in diesem Moment seltsam und unangebracht vorkam. Laura blickte sie entgeistert an.
»Spinnst du? Er ist tot und sie...«
»Denk doch nur mal an das Geld!«, fuhr Natalia ihr ins Wort.
»Wenn die Polizei wissen möchte, warum wir hier sind, dann werden wir die Situation erklären müssen.«
»Wir müssen den Schatz dabei ja nicht erwähnen«, meinte Maxwell.
»Aber sowohl Polizei als auch Notarzt müssen wir rufen.«
»Alles andere wäre auch vollkommen geisteskrank«, murmelte Laura.
»Ja, ja«, meinte Natalia.
»Ist ja gut, ihr habt recht.«
Jaxon kannte diesen Tonfall in ihrer Stimme und war bereits alarmiert. Auch, wenn sie das sagte, hieß das nicht, dass sie sich damit zufriedengeben würde. Die Frage, ob hier in der alten Mühle tatsächlich ein Schatz im Wert von einer Million Dollar versteckt war, schwebte wie ein Damoklesschwert in der Luft und schien Natalias Gedanken vollkommen eingenommen zu haben.
Es dauerte eine Stunde, bis Polizei und Notarzt schließlich eingetroffen waren und den Tatort abgesichert hatten. Mathildes Zustand hatte sich in der Zwischenzeit stabilisiert, sie war bloß kollabiert und befand sich nun unter ärztlicher Aufsicht.
»Wie geht es ihr?«, fragte Jaxon einen der anwesenden Sanitäter.

»Wir werden sie zur Überprüfung mitnehmen. Sie wird einen Schock erlitten haben. Ihr Mann ist tot. Auch, wenn wir uns nicht erklären können, woher die starken Verletzungen im Bereich der inneren Augenhöhle stammen. Haben Sie da etwas gesehen?«
Jaxon schüttelte den Kopf.
»Wir waren gerade in dem Korridor, ich habe nur noch gehört, wie der Körper auf dem Grund des Silos landete.«
Einer der anwesenden Polizisten kam gerade die Wendeltreppe hinunter, die in den oberen Teil der Mühle führte. Jede einzelne Stufe knarzte unter den Schuhen des fülligen Mannes, auf dessen Stirn bereits ein heftiger Schweißfilm stand.
»Das Geländer ist aus der Verankerung gebrochen. Es war schon recht alt und dringend sanierungsbedürftig, worum sich aber bisher wohl niemand gekümmert hat.«
Seine Stimme hatte einen strengen und rauen Unterton, an dem Jaxon erkennen konnte, dass der Mann bereits viele Jahre im Dienst war.
»Wir werden den Toten mitnehmen und die Leiche obduzieren. Es gibt ja doch einige Ungereimtheiten in Bezug auf die Todesursache. Die Verwaltung des Campingplatzes ist bereits über den Vorfall informiert, man wird die Mühle erstmal für Besucher schließen, um sich dann darum zu kümmern, alles besucherfreundlich zu sanieren.«
Der Polizist machte eine kurze Pause und holte tief Luft. Seine Kondition schien nicht die Beste zu sein, der Gang die Treppenstufen hoch und runter hatte ihm ordentlich zugesetzt.
»Wir möchten Sie damit ebenfalls bitten, den Ort des Geschehens erstmal zu verlassen. Zudem danken wir Ihnen für die Mithilfe.«

Natalia wollte dem erst etwas entgegenbringen, Jaxon konnte ihr jedoch rechtzeitig und unmissverständlich mit einem scharfen Blick zeigen, dass das keine gute Idee sein würde. Sie zog die Mundwinkel herunter und blieb still. Mit gemischten Gefühlen verließen sie die Mühle wieder und sahen den Polizisten, die sich wieder zu ihren in der Ferne geparkten Dienstwägen aufgemacht hatten, hinterher. Der Krankenwagen war bis zur Mühle vorgefahren, die Sanitäter hatten die verdeckte Trage mit dem Leichnam von Gary eingeladen und gaben Mathilde einen Platz im hinteren Teil. Sie wirkte immer noch nicht ganz bei sich und musste von einem Sanitäter in den Krankenwagen gebracht werden. Kurz darauf fuhr der Wagen schnell davon, die Reifen hinterließen tiefe Abdrücke auf dem Feldweg. Schon bald war wieder Ruhe eingekehrt, und das für den Ort typische Zirpen der Grillen nahm wieder Überhand.
»Lasst uns weitersuchen«, murmelte Natalia.
»Nein«, sagte Jaxon.
»Es ist zu riskant. Wir sollten frühestens in der Dämmerung, wenn nicht sogar erst in der tiefen Nacht, zurückkehren und den Ort untersuchen.«
»Warum?«
»Weil es sein kann, dass die Verwaltung des Campingplatzes heute noch die Entscheidung treffen kann, den Ort gründlich unter die Lupe zu nehmen. Wir würden nur in Erklärungsnöte geraten, wenn wir erwischt werden.«
Maxwell nickte.
»Das sehe ich ganz genau so. Lasst uns erstmal weg von hier.«
Fast alle waren mit der Entscheidung einverstanden – nur Natalia stellte sich dagegen, sie gab jedoch nach, als sie sah, dass sie aus der Gruppe keinen Rückhalt bekam.

Den Rückweg zum Zeltplatz legte die Gruppe größtenteils schweigend zurück. Jaxon vermochte nicht zu sagen, ob das an dem lag, was sie gerade gesehen hatten - oder ob es Natalias Stimmung war, die herunterzog und spaltete.
»Wir gehen nachher wieder dorthin. Abends ist es doch sowieso viel aufregender«, sagte er schließlich zu ihr.
Sie grummelte irgendetwas Unverständliches vor sich hin - und Jaxon konnte schon fast den Blick von Maxwell in seinem Rücken spüren. *Warum tue ich mir das überhaupt an?* Er entschied sich dazu, sie erst einmal sich selbst zu überlassen. Er hatte seiner Ansicht nach keinen Fehler begangen, und hoffte, dass sie das ebenfalls bald einsehen würde. Die spätmittägliche Sonne brannte vom Himmel, und Jaxon war bereits nach wenigen Metern durchgeschwitzt. Umso froher war er, als sie endlich das Feld hinter sich gelassen und das Gelände des Camp Seaside betreten hatten. Ein leichter, angenehm kühler Luftzug schlug ihm entgegen und Jaxon war dankbar für diese kleine Abkühlung. Auf der asphaltierten Straße, die an vielen Stellen Schlaglöcher aufwies und sanierungsbedürftig war, tummelten sich nun mehr Menschen, als es zuvor der Fall gewesen war. Allerdings hatte scheinbar niemand von dem Vorfall in der Mühle mitbekommen - alles wirkte normal. Eine Gruppe Jugendlicher machte sich durch die laute Musik, die durch den dröhnenden Lautsprecher eines Handys drang, bereits bemerkbar, bevor sie überhaupt zu sehen war. Laute Stimmen und lautes Gelächter drang herüber. Fünf Minuten später hatten sie bereits die Zeltwiese erreicht. Sie entschieden sich dazu, die Campingstühle und den weißen Klapptisch aufzubauen, um dort alles fürs Essen vorzubereiten.
»Auf was habt ihr Hunger?«, fragte Jaxon.

»Mir egal«, murmelte Natalia.
Sie ist immer noch beleidigt.
»Lass uns doch eine Dose Ravioli kochen. Ist zwar jetzt nicht mein Lieblingsessen, aber man kann es doch ganz einfach mit dem Gaskocher zubereiten«, schlug Laura vor.
Jaxon war mit dem Vorschlag einverstanden und auch Maxwell nickte. Es dauerte etwas, bis Jaxon den Gaskocher im Kofferraum gefunden hatte. Er lag in einer Transportbox in der Nähe der Kühltasche. Aus dieser nahm er dann auch noch zwei Dosen Ravioli heraus und stellte sie auf den Tisch. Laura deckte derweil vier Teller auf, legte Besteck dazu und schenkte jedem etwas Weißwein aus einem Tetra Pak ein. Als Jaxon alles aufgebaut hatte, setzte er sich auf den Stuhl neben Natalia und blickte sie an.
»Ich bin gespannt, was wir nachher zu sehen bekommen.«
Sie nickte.
»Ich hoffe, wir werden fündig.«
Es dauerte ein paar Minuten, bis sie beide Dosen auf Temperatur gebracht hatten. Jaxon füllte jedem nacheinander einen Teller voll. Laura und Maxwell hatten gegenüber Platz genommen - Jaxon selbst hatte sich neben Natalia in den Schatten, den das Wohnmobil von Gary und Mathilde spendete, begeben. Er musste an die alten Leute denken, und daran, wie schnell so ein Leben vorbei gehen konnte - auch, wenn er sich die Tatsache nicht erklären konnte, warum die Augen des alten Mannes ausgestochen gewesen waren. Er hatte schon auf dem Weg von der Mühle zur Zeltwiese über diese Tatsache nachgedacht - und sich eine sehr schwammige Erklärung gegeben. An der Wand waren ab und an alte, verrostete Schrauben gewesen, die tief aus dem Beton herausgeragt hatten. Doch jetzt… *es wäre viel zu*

präzise und einfach nicht möglich gewesen, dass Gary bei seinem Sturz zum einen dort hängengeblieben wäre und zum anderen sich beide Augen aufgerissen hatte. Er nahm einen Löffel Ravioli und ließ sich das Fertiggericht schmecken. Er hatte sich mittlerweile an Gerichte aus der Dose gewöhnt - das Studentenleben ließ oftmals nichts Aufwändigeres zu. Er sah Laura dabei zu, wie sie ebenfalls einen Happen nahm. Sie hatte ihren Blick jedoch an ihm vorbei in die Ferne gerichtet. Plötzlich, gerade, als sie sich den Löffel ein weiteres Mal in den Mund schieben wollte, weiteten sich ihre Augen. Die gefüllte Nudel rutschte vom Löffel und landete auf ihrem hellen Oberteil, was sie in diesem Moment allerdings nicht kümmerte.
»Da beobachtet uns jemand«, murmelte sie und zeigte in die Ferne.
Jaxon folgte ihrem Finger... bis er das Augenpaar erkannte, welches sie direkt aus dem Inneren von Garys und Mathildes Wohnmobil anblickte.

8

»Verdammt. Da ist jemand im Wohnmobil«, murmelte er.
»Das kann aber eigentlich nicht sein«, meinte Maxwell.
»Sie hätten es doch erzählt, wenn sie zu dritt angereist wären.«
»Hier stimmt irgendetwas nicht«, sagte Jaxon entschieden.
Er drehte sich erneut um - doch nun war hinter der Heckscheibe niemand mehr zu sehen. Er ließ seinen Blick schwenken, und sah, dass die Tür ein Stück weit offenstand. Im leichten Wind schwenkte sie vorsichtig vor und zurück, was ein leises Quietschen erzeugte.
»Ich sehe mir das mal genauer an«, meinte Maxwell und stand langsam auf.
Laura schien das nicht zu gefallen.
»Warte lieber hier.«
»Nein. Das muss ich mir anschauen.«
Jaxon blickte ihm hinterher, wie er auf das Wohnmobil zu ging und die Tür noch weiter aufschob. Er steckte seinen Kopf durch den Rahmen und blickte ins Innere.
»Hallo?«
Maxwells Stimme hallte dumpf im Wohnmobil wider.
»Ist hier…«
Im nächsten Moment schoss eine Hand aus dem Rahmen heraus. Maxwell schrie auf und taumelte einen Schritt zurück. Jaxon sah das Heft des Messers, welches sich tief in seine Rippen gebohrt hatte, erst zu spät. Laura schrie auf, schob den Stuhl zurück und lief in die Richtung, in der Maxwell auf den Boden gefallen war. Die Tür des Wohnmobils war derweil wieder zugeschlagen worden und saß fest im Rahmen. Ein leises Klick-

geräusch war zu hören, was Jaxon vermuten ließ, dass sich der Mann, der Maxwell angegriffen hatte, im Inneren verbarrikadiert hatte.

»Verdammt!«

Laura zog Maxwells T-Shirt hoch und beobachtete die Einstichwunde, die das Messer hinterlassen hatte. Es steckte noch immer tief im Bauch, Blut sog sich im Stoff seines T-Shirts fest und sickerte auf die Wiese.

»Scheiße«, murmelte Maxwell.

Er konnte seinen Kopf noch aufrichten und war bei vollem Bewusstsein, was Jaxon erstmal als gutes Zeichen wertete.

»Wir müssen einen Sanitäter rufen.«

Maxwell schüttelte den Kopf.

»Das geht schon so. Das Messer steckt nicht so tief drin, wie es aussieht.«

»Wir müssen den Blutfluss aber doch irgendwie stoppen!«

»Im Kofferraum ist ein Verbandskasten.«

Maxwell hustete.

»Wirklich, mir geht es gut. Ich brauche keinen Notarzt.«

»Aber…«

»Es geht ihm gut!«, meinte Natalia nun.

»Lasst uns das Messer vorsichtig entfernen und die Wunde dann verbinden.«

»Halt die Klappe!«, fuhr Laura sie an und warf ihr einen bösen Blick zu.

»Du verhältst dich den ganzen Tag schon scheiße, doch das setzt dem Ganzen jetzt echt die Krone auf.«

»Streitet euch bitte nicht.«

Maxwell legte Jaxon eine Hand auf die Schulter und zog sich so langsam in eine aufrechte Position. Aus dem Wohnmobil war derweil nichts mehr zu hören, der mysteriöse Angreifer hielt sich weiterhin versteckt.

»Da sitzt irgendein kranker Typ drin«, meinte Jaxon.

»Er hat dich mit einem Messer angegriffen. Wir müssten eigentlich schon Polizei und Sanitäter anrufen.«

»Dann können wir das Geld gleich abschreiben«, murmelte Natalia.

Das waren schließlich die Worte, die das Fass bei Laura endgültig zum Überlaufen brachten. Sie schoss ruckartig nach vorne und stieß Natalia zu Boden.

»Hey!«

Jaxon konnte nicht schnell genug handeln, Natalia hatte bereits das Gleichgewicht verloren, als er Laura festhielt.

»Beruhigt euch mal.«

»Sie denkt nur an das beschissene Geld!«

Laura war noch immer aufgebracht, sie ließ sich kaum bändigen. Da Jaxon jedoch um einiges stärker war als sie, konnte er sie in Zaum halten.

»Diesen Schatz gibt es am Ende doch eh nicht.«

»Sorry«, murmelte Natalia.

»Mir geht es wirklich gut. Jax, kannst du mal bitte 'nen Verband holen?«

Maxwell meldete sich zu Wort und sorgte damit für Erleichterung bei Jaxon. *Das Messer scheint wirklich einen ungefährlichen Bereich getroffen zu haben.* Maxwell zog sein T-Shirt aus und legte es auf den Rasen. Jaxon ging derweil zum Kofferraum, holte den Verbandskasten heraus und betrachtete den Inhalt. Mitsamt eines Druckverband, einer Schere und Klebeband kehrte er zurück zu der Stelle vor dem Wohnmobil, wo die anderen ihn bereits erwarteten. Laura hatte ihren Blick von Natalia abgewendet - sie war ihr augenscheinlich noch immer böse für die unpassenden Worte, und das hatte bei Laura schon einiges zu bedeuten. Sonst war sie kein nachtragender Mensch, doch der Angriff auf Maxwell und seine Verletzung, die sich ja nun zum Glück als doch nicht so heftig herausgestellt hatte, hatte sie ganz schön mitgenommen.

»Jetzt wird es schmerzhaft«, meinte Jaxon und senkte seinen Blick auf das Heft des Messers.

Maxwell biss sich auf die Unterlippe und nickte.

»Zieh es raus.«

Laura tropfte ihm mit einem Taschentuch den Schweiß von der Stirn. Sein Gesicht war kreidebleich, was vermutlich noch vom Schock des Angriffes stammte.

»Mit sowas habe ich echt nicht gerechnet. Verdammt.«

»Warte.«

Bevor Jaxon das Messer am Griff anfassen konnte, unterbrach Laura ihn.

»Meinst du nicht vielleicht doch, dass es besser wäre, einen Notarzt zu rufen? Man sollte das Messer nicht voreilig aus der Wunde ziehen… dabei könnten seine Organe verletzt werden.«

»Mir geht es gut«, meinte Maxwell.

»Also vergleichsweise. Komm, Jax, zieh das Messer raus und lass dir nicht so viel Zeit damit. Sei aber bitte vorsichtig.«

Jaxon atmete tief durch und schluckte den Kloß, der sich in seinem Hals gebildet hatte, herunter. Laura hatte mit ihrer Behauptung sowas von recht - doch wenn Maxwell keine ärztliche Hilfe wollte, dann musste er eben selbst Hand anlegen. Einen Moment lang betrachtete er das Heft des Messers. Es bestand aus Buchenholz und wies feine Einkerbungen auf. Die Klinge steckte wirklich verdammt tief drin - allerdings schien sie kein

Organ oder Gefäß getroffen zu haben, da der Blutfluss bereits versiegt war. *Das hätte auch viel böser enden können.* Jaxon schloss die Augen und legte seine Hand um den hölzernen Griff des Messers. Maxwell stöhnte auf, obwohl er es keinen Millimeter bewegt hatte. Vorsichtig wagte er sich etwas weiter raus und ließ sich dabei nicht von den Geräuschen beirren, die Maxwell von sich gab – auch, wenn es ihm enorm schwerfiel, die Konzentration aufrecht zu erhalten. Das letzte Stück zog er mit einem Ruck heraus, was zur Folge hatte, dass sofort eine Ladung Blut auf sein T-Shirt spritzte. Es war reibungsloser verlaufen, als er anfangs gedacht hatte. Ein bisschen Blut sickerte noch aus der Wunde heraus und sammelte sich in Maxwells Bauchnabel, doch Laura tupfte das mit einem Taschentuch ab, ehe Jaxon den Verband anlegte.

»Du hast wirklich Glück gehabt. Kannst du aufstehen?«

Jaxon reichte ihm eine Hand und half ihm auf die Beine. Anfangs war Maxwells Stand etwas wackelig, doch er hatte sich recht bald stabilisiert.

»Was machen wir mit dem Typen?«

Laura deutete auf das Wohnmobil, in dem nun alle Vorhänge zugezogen waren. Jaxon umrundete es, doch er konnte keinen Blick ins Innere werfen.

»Lass ihn einfach in Ruhe«, murmelte Maxwell.

»Es ist nicht unsere Angelegenheit.«

Jaxon wunderte sich über Maxwells Worte. Eigentlich war er keiner, der eine Konfrontation scheute - doch das, was eben, vor ein paar Minuten, geschehen war, schien Spuren in ihm hinterlassen zu haben.

»Ich muss mich etwas ausruhen«, sagte Maxwell schließlich.

Er stützte sich auf Jaxons Schultern ab, und gemeinsam legten

sie die wenigen Meter zurück, die sie noch von den Zelten trennten. Maxwell verzog das Gesicht, als er auf die Knie ging und durch den Eingang ins Innere kroch.
»Puh. Da drin ist es echt sauwarm.«
Er setzte sich vor dem Zelt auf den Boden und atmete tief durch. Er war komplett durchgeschwitzt, das sah man nicht nur an seinem T-Shirt, sondern konnte man auch durch den Geruch wahrnehmen. Er stank wie ein wildes Tier.
»Darauf brauche ich erstmal ein kaltes Bier«, meinte er schließlich.
»Magst du mir eins geben?«
Jaxon nickte und holte zwei Flaschen *Budweiser* aus der Kühltruhe im geöffneten Kofferraum.
»Möchte noch jemand?«
Laura und Natalia schüttelten den Kopf, und so blieb es nur bei einer Flasche für ihn und einer für Maxwell.
Wenig später saßen sie alle im Gras um das Zelt herum in der prallen Nachmittagssonne. Jaxon und Maxwell hatten die Biere schnell geleert, sich jedoch dazu entschieden, keine weiteren zu trinken. Jaxon stand vielmehr der Sinn nach einer kalten Cola, und diese holte er sich schließlich auch ein paar Minuten später. Während sie einfach miteinander über belanglose Dinge redeten, verging die Zeit und die Sonne kroch weiter über den Horizont. All die Dinge, die in den letzten Stunden passiert waren - der mysteriöse Mann am anderen Ufer des Sees, der Tod von Gary in der Mühle und die Messerattacke auf Maxwell rückten mehr und mehr in den Hintergrund. Gerade, als Laura darüber erzählte, dass sie letztens bei ihren Großeltern auf dem Land zu Besuch gewesen war, schweiften Jaxons Gedanken wieder in die Richtung herüber, in der all die schlimmen Dinge warteten.

Er versuchte, immer mal wieder einen unauffälligen Blick auf das Wohnmobil zu werfen, konnte jedoch keine Bewegung aus dem Inneren vernehmen. Sie hatten das Messer mit dem Griff aus Buchenholz mitgenommen, und Jaxon wog es nun in der Hand und versuchte, die kleinen Einkerbungen und Schnitzereien zu deuten. Größtenteils handelte es sich einfach nur um Kratzer, die sich auf der abgewetzten Oberfläche befanden. Natalia hatte ihren Kopf auf seine Schulter gelegt, und Jaxon hatte dieses Friedensangebot natürlich angenommen. Er hegte keinen Groll gegen sie und war froh, dass sie ihre schlechte Stimmung abgelegt hatte. Dass dazu erst eine Konfrontation mit Laura, die mittlerweile wieder einigermaßen gefasst wirkte, nötig gewesen war, war vorher nicht abzusehen gewesen. Einige Zeit später wechselten sie noch den Verband von Maxwell und entschieden sich dann dazu, den Rest Ravioli kalt zu essen. Mathilde kehrte an diesem Tag nicht zum Wohnmobil zurück, doch Jaxon hatte das auch nicht erwartet. Er erinnerte sich daran, dass sie, wenn alles normal verlaufen wäre, die beiden alten Leute am Abend näher kennengelernt hätten. Dazu würde es nun nicht mehr kommen. Der Zustand von Maxwell blieb stabil. Als es langsam dämmerte, stand er, zwar mit schmerzverzerrtem Blick, aber selbstständig, auf und holte sich noch ein Bier.

»Ich glaube, ihr müsst ohne mich heute Abend zur Mühle. Mein Zustand ist zwar okay, aber so einen langen Weg traue ich mir nicht zu.«

Als er diese Worte gerade aussprach, war zu hören, wie die Tür des Wohnmobils nebenan aufgeschlossen wurde. Ruckartig gingen alle Blicke zu der Tür, die sich langsam, fast in Zeitlupe, öffnete. Aus dem Inneren, welches von einer fadenscheinigen Gardine verborgen wurde, traten braune, abgetragene Sport-

schuhe heraus, bei denen sich die Sohle schon fast vom Rest des Schuhes löste. Ein Mann mit fettigen Haaren und einem ungepflegten Erscheinungsbild, einem verfilzten Bart und einem Zopf trat hinaus auf den Rasen. Er beachtete die Gruppe gar nicht, würdigte sie keines Blickes - und verschwand einfach in die andere Richtung, so, als ob nie etwas gewesen wäre.
»Hallo?«
Laura konnte sich nicht zurückhalten, sprang auf und lief dem Mann hinterher.
»Laura!«
Maxwell schaffte es nicht, sie mit seinen Worten zurückzuhalten. Der Mann drehte sich um und sah sie mit einem fragenden Blick an.
»Ist was?«
Lauras Gesichtszüge entgleisten.
»Ob was ist? Was soll das? Du hast meinen Freund angegriffen!«
»Oh.«
Der Mann wirkte ehrlich überrascht und kam, zwar mit langsamen, aber dennoch bestimmten Schritten in die Richtung von Laura und den anderen.
»Was hat sie vor?«, flüsterte Natalia.
In ihrer Stimme schwang etwas Angst mit.
»Ich weiß es nicht.«
Jaxon blieb sitzen und wartete darauf, was als nächstes geschehen würde.
»Wo ist dein Freund?«
»Hier.«
Maxwell hob die Hand und zog sich auf die Beine. Er musste etwas humpeln, doch bald schon stand er dem Mann Auge in

Auge gegenüber.

»Oh, verdammt.«

Er wendete sich nun der gesamten Gruppe zu und schritt an Maxwell vorbei.

»Es tut mir leid. Unfassbar, dass diese Wahnvorstellungen wieder die Oberhand genommen haben. Hat jemand von euch eine Zigarette für mich? Ich weiß, dass ich das, was geschehen ist, nicht mit Worten wiedergutmachen kann, doch vielleicht seht ihr mich ja in einem anderen Licht, wenn ich euch meine Geschichte erzähle.«

9

Jaxon hatte alles aus einer passiven Position heraus beobachtet. Maxwell hatte ihm mit einer einfachen Geste zu verstehen gegeben, dem Mann zunächst zuzuhören. Schließlich saßen sie gemeinsam an dem Tisch, an dem sich noch die leergegessenen Teller stapelten. In der Ferne brannte ein Lagerfeuer und laute Stimmen drangen über die Zeltwiese bis zu ihnen herüber.
»Mein Name ist Ben-Carl-James Smulders. Ihr könnt mich aber auch einfach B.C.J. nennen, das gefällt mir lieber. Nun… bevor ich weiterspreche… hat jemand eine Zigarette oder ähnliches für mich?«
Maxwell, der gelegentlich, aber eher selten mal rauchte, nickte und stand vom Stuhl auf. Dass er noch immer Schmerzen hatte, konnte man gut aus seinem Gesicht lesen. Daher dauerte es auch etwas länger, bis er aus seinem Rucksack, der in der hinteren Ecke des Zeltes lag, eine Packung Zigaretten gekramt und dem Mann, der sich als B.C.J. vorgestellt hatte, eine gereicht hatte. Er zündete sich selbst auch eine an, und B.C.J. übernahm wieder das Wort, nachdem er seinen ersten Zug in grauen Ringen in die Luft geblasen hatte.
»Danke. Also nochmal, es tut mir furchtbar leid, dass ich dich mit dem Messer verletzt habe. Das war so nicht gewollt. Allerdings leide ich unter multiplen Persönlichkeitsstörungen. So zumindest haben die Ärzte meine Krankheit diagnostiziert – viele, mich selbst eingeschlossen, sagen einfach, ich wäre verrückt.«
Er lachte, und als er den Mund öffnete, nahm Jaxon seine gelben Zähne wahr. Im nächsten Moment hustete er, und es dauerte ein

paar Sekunden, bis er sich eingekriegt hatte.
»In den letzten beiden Jahren kam ein Schicksalsschlag nach dem anderen auf mich zu. Wenn ich mich zurück erinnere… ich hatte eine Dreizimmerwohnung, einen festen Job und eine Frau, mit der ich glücklich war - doch vom einen auf den anderen Tag änderte sich alles und ich wurde verrückt. Nun bin ich bereits seit längerer Zeit obdachlos und streune auf der Suche nach dem großen Glück durch die Gegend.«
»Das Wohnmobil…«, setzte Maxwell zwischen zwei Zügen am Glimmstängel an, wurde jedoch durch B.C.J. unterbrochen.
»Ich weiß, es gehört zwei älteren Herrschaften. Doch mein Gefühl sagt mir irgendwie, dass sie nicht mehr wiederkommen.«
Er lachte erneut.
»Der ist doch vollkommen verrückt«, murmelte Natalia, eigentlich nur so laut, dass es ausschließlich Jaxon hören konnte.
»Das bin ich durchaus. Aber ich versuche, das Ganze mit Humor zu nehmen. Ich trage mehrere Persönlichkeiten in mir, doch oftmals bin ich einfach nur der freundliche Ben-Carl-James Smulders, der niemandem etwas zu Leide tut. Wie jetzt zum Beispiel.«
Er lehnte sich im gepolsterten Stuhl zurück.
»Sorry nochmal. Aber das war nicht B.C.J., der dir ein Messer zwischen die Rippen gestochen hat. Diesen Teil meiner Persönlichkeit nenne ich Franky - aufgrund der Tatsache, dass ich früher ab und an Frankenstein genannt wurde. Franky trägt einen unbändigen Blutdurst und eine kaum zu stillende Aggression in sich. Franky ist das Ventil, tief traumatisiert durch die Schicksalsschläge, die B.C.J. in den letzten Jahren erlitten hatte.«
»Das klingt alles ziemlich verrückt«, meinte Maxwell.
Er drückte seine heruntergerauchte Zigarette im Gras der Zelt-

wiese aus und ließ den Stängel auf dem Boden liegen. Als er kurz darauf einen skeptischen Blick von Laura erntete, hob er den Stängel auf und legte ihn etwas abseits auf den Tisch. Jaxon musste grinsen. Laura hatte ein ausgeprägtes Umweltbewusstsein - was ja im ersten Moment auch ganz gut war, allerdings übertrieb sie es manchmal schon ein bisschen. Doch Maxwell störte sich daran nicht, er akzeptierte sie so, wie sie nun mal war. *Die Beziehung von den beiden ist definitiv funktionaler als die von mir und Nati.*

»Ich therapiere meine Störung normalerweise mit Tabletten. Allerdings… nun, was soll ich sagen. Sie sind verdammt teuer, ich kann sie mir einfach nicht mehr leisten. Und so muss ich ab und an Franky an die Oberfläche lassen, auch, wenn ich mich immer wieder dagegen sträube. Zudem ist es auch Fluch und Segen zugleich, dass ich mich nicht entsinnen kann, was Franky tut. Franky stellt böse Dinge an, doch B.C.J. kann sich nicht an das erinnern, was Franky tut. Franky könnte einen Menschen töten und in seine Einzelteile zerhacken, B.C.J. würde davon nicht einmal Notiz nehmen - und schon gar keine Schuldgefühle in sich tragen.«

Jaxon spürte eine Gänsehaut aufkommen, die sich flächendeckend über seinen gesamten Körper ausbreitete. Die Worte, die B.C.J., Franky, oder wer auch immer gerade zu ihm sprach, klangen viel mehr wie eine Gruselgeschichte, die man seinen Kindern zur Halloweennacht erzählte. *Unter der Maske seiner beiden Persönlichkeiten führt er, zumindest soweit es geht, ein normales Leben als Obdachloser.* Jaxon konnte den Mann zwar verstehen, vermutete aber auch, dass noch etwas mehr dahintersteckte. *Er hat sich einfach so in das Wohnmobil von den beiden eingeschlichen.* Plötzlich kam ihm eine Idee. *Was, wenn er… o-*

der besser gesagt Franky... zum selben Zeitpunkt wie wir am Ufer und in der Mühle war? Allerdings fiel ihm im selben Atemzug ein, dass es keinen Sinn ergeben würde, nachzufragen. Wenn er wirklich etwas Böses im Schilde führen würde, dann würde er sicher nicht die Wahrheit sagen - und andererseits, wenn das, was er erzählte, tatsächlich stimmte, dann könnte er sich daran nicht erinnern, weil zu dem Zeitpunkt seine andere Persönlichkeit das Heft des Handelns übernommen hatte. Er war gespannt, was der Mann ihnen noch alles zu erzählen hatte, hatte aber auch ein bisschen Respekt bekommen.
»Wie kommst du ausgerechnet hier her? Die nächste Stadt ist weit entfernt. Was treibt einen Obdachlosen auf einen Campingplatz?«
»Ich ziehe eben gerne durch die Gegend. Ich habe auch lange in einer Senke im Wald direkt nebenan gewohnt, doch das Leben auf dem Campingplatz hat mir mehr imponiert. Generell mag ich… mag B.C.J.… keine Menschen, doch Franky liebt sie nahezu. Er kann mit ihnen so viel anstellen… aber entschuldigt, ich schweife ab.«
Er nahm einen weiteren Zug von der Zigarette, genoss sie bis zum letzten Zentimeter.
»Das ist die erste Kippe seit Wochen. Danke man, ich habe das echt mal wieder gebraucht. Auch, wenn ich *Marlboro* vor *Camel's* bevorzuge.«
Jaxon nahm nun, wo der Mann sich etwas länger in seiner Gegenwart befand, den beißenden Geruch wahr, den er ausstrahlte. Dieser passte zum äußeren Erscheinungsbild, was ja nicht gerade gepflegt war.
»Ich hoffe, du verzeihst Franky seinen Anfall.«
B.C.J. reichte seine Hand in Richtung von Maxwell. Dieser zö-

gerte kurz, beugte sich dann nach vorne und schüttelte sie.
»Ist okay«, murmelte er.
»Ich sehe von einer Anzeige ab.«
Laura quittierte die Bemerkung von Maxwell nur mit einem verständnislosen Blick. Sie schien dem Mann, genau wie Jaxon selbst und auch Natalia, noch zu misstrauen.
»Ich werde aber wieder gehen«, meinte er.
»Falls die beiden Inhaber des Wohnmobils wiederkommen – alles befindet sich noch an seinem Platz. Ich bin zwar obdachlos, aber deswegen noch lange kein Dieb. Eine Frage noch, dürfte ich eure Namen erfahren? Ich habe irgendwie einen seltsamen Tick. Ob das eher die Seite von B.C.J. oder die von Franky ist, kann ich euch allerdings nicht sagen.«
Jaxon fiel auf, dass B.C.J. sich sehr gerne reden hörte. Er verstrickte sich oftmals in längere Wortgeflechte, und das meiste, was er ihnen erzählt hatte, war total belanglos und unwichtig gewesen. Er hoffte, dass der Mann nun, wenn sie ihm ihre Namen verraten würden, Land gewinnen und niemals wiederkommen würde.
»Ich bin Jaxon«, sagte er daher.
Maxwell, Laura und Natalia stellten sich danach ebenfalls kurz vor, ehe sie sich von B.C.J. verabschiedeten. Die Dämmerung war schon weit fortgeschritten und der Himmel wurde immer dunkler. Es bahnte sich eine klare Nacht an, in der der Vollmond unbarmherzig seine Strahlen auf dem Gelände des Camp Seaside verteilen würde. Jaxon sah dem Mann noch nach, bis er nicht mehr zu sehen war. Ein paar Augenblicke später war es schließlich Laura, die das Wort übernahm.
»Was für ein kranker Psycho«, murmelte sie.
Maxwell musste lachen.

»Er war doch ganz in Ordnung.«
Sie blickte ihn entgeistert an.
»Er hat dich mit einem Messer angegriffen. Der Typ ist vollkommen geisteskrank.«
»Das war doch nicht er, sondern Franky.«
»Springst du etwa auch auf diesen Zug auf?«
»Das, was er erzählt hat, klang zumindest recht plausibel.«
Maxwell zuckte mit den Schultern.
»Er scheint viel Pech im Leben gehabt zu haben. Aber nun ist er auch verschwunden und wir sollten nicht mehr an ihn denken.«
Er verzog das Gesicht, als er sich ein Stück nach vorne lehnte.
»Ich fühle mich immer noch nicht bereit, nochmal zurück zur Mühle zu gehen. Ihr könnt allerdings natürlich gerne ohne mich dort hin.«
Laura schüttelte den Kopf.
»Ich bleibe auch hier bei dir.«
Sie blickte erst Jaxon und schließlich auch Natalia an.
»Wir gehen heute dort hin«, sagte Jaxon bestimmend.
Er wusste, dass es noch immer Natalias Wunsch war, diesen Ort erneut aufzusuchen, und der mysteriösen Nachricht aus dem Abwasserrohr nachzugehen. Zudem würden sie dann auch Zeit für sich haben, was Jaxon gar nicht mal so ungelegen kam. Seit der handgreiflichen Aktion von Laura war Natalia etwas stiller geworden, und er fand es einfacher, die Fronten zunächst in einem Gespräch unter vier Augen zu klären. Auf dem Weg zur Mühle hätten sie da ja auch genug Zeit für.
»Ist okay«, meinte Maxwell.
»Solange ihr uns auch etwas von der Million abgebt.«
Er verzog das Gesicht erneut zu einem Grinsen.

»Aber selbstverständlich.«

Jaxon sah Natalia an.

»Wollen wir los oder willst du noch etwas warten?«

»Meinetwegen können wir. Und entschuldigt bitte mein Verhalten vorhin.«

»Ist schon okay«, meinte Laura und nahm das Friedensangebot an.

Sie wirkte noch immer ein wenig verwirrt ob des Treffens mit dem Mann, der sich ihnen als B.C.J. vorgestellt hatte.

»Geht ruhig. Wir machen es uns hier bequem und werden die ein oder andere Tüte Salzbrezeln oder Chips öffnen.«

»Wir haben ja genug mit. Wir sehen uns später - passt auf euch auf und wartet nicht auf uns. Wir werden die Mühle wirklich genau unter die Lupe nehmen und jeden Zentimeter abgrasen. Es kann spät werden.«

Maxwell und Laura räumten den Tisch ab und bereiteten den Abwasch vor, während sich Jaxon und Natalia mitsamt zwei Taschenlampen auf den Weg machten. Sie schlugen dieselbe Richtung ein, in die auch B.C.J. zuvor gegangen war. Jaxon dachte sich aber nichts dabei. *Er hat doch erzählt, dass er mal im Wald gewohnt hat. Vielleicht geht er ja wieder dorthin.* Er hoffte jedenfalls, dem Mann nicht zu begegnen. Das Gespräch, was sie vor ein paar Minuten geführt hatten, hatte ihm gereicht. Natalia griff nach seiner Hand, während sie über den mit Schlaglöchern gesäumten Asphalt von der Zeltwiese gingen. Es hatte sich eine fast gespenstische Ruhe über das Gelände des Camp Seaside ausgebreitet. Ab und an hörte waren ein Rascheln im nahen Maisfeld oder aber dumpfe und ferne Stimmen von einer der Zeltwiesen zu vernehmen. Ein angenehm kühler Luftzug wehte in der klaren Dämmerung und sorgte für Erfri-

schung. Schon bald hatten sie die Anmeldehütte passiert und sich in den kleinen Feldweg hineingewagt. Jaxon spürte, wie Natalia ihre Hand mit jedem Schritt etwas tiefer senkte, bis sie schließlich auf Höhe seines Penis angekommen war.
»Ich will dich. Hier.«
Sie hauchte ihm ihre Worte mit säuselnder Stimme ins Ohr. Ihr warmer Atem sorgte dafür, dass sich seine Nackenhaare aufstellten.
»Im Feld?«
»Im Feld.«
Ein Kribbeln zog sich bis in seine Haarwurzeln. Adrenalin schoss durch seinen Körper - das, was ihnen bevorstand, war schon aufregend genug, und jetzt schlug sie auch noch so etwas vor. Es war wie immer, wenn ihre Stimme diese Tonlage angenommen hatte - sie hatte ihm den Kopf verdreht, dafür gesorgt, dass er vollkommen in ihrer Hand war. Sie zog ihn näher an sich heran, legte beide Hände um seine Taille und küsste ihn. Jaxon konnte und wollte nichts dagegen machen, ihr Griff war zu fest und die Situation zu schön. Er taumelte in ihren Armen ein paar Schritte rückwärts, direkt in das Feld hinein. Sie riss ihn von den Beinen, und als er auf der harten Erde landete, wurde sein Körper von einer kurzen, aber intensiven Schmerzwelle durchzuckt. Als er sich jedoch unter ihrem Körper befand und ihre Haare in seinem Gesicht hingen, war der Schmerz schnell verflogen. Sein T-Shirt war schon komplett eingestaubt von dem dreckigen Feldboden, doch er schaffte es nun, sich etwas nach links zu drehen und somit die Oberhand zu gewinnen. Eine feine Wolke stob auf, als er sich etwas Freiheit erkämpft und seine Hose geöffnet hatte. Nach und nach warf er seine Klamotten achtlos auf den Boden, es war ihm in diesem Moment

vollkommen egal, ob sie verdrecken würden. Die angeschaltete Taschenlampe lag direkt daneben, der gelbe Lichtkegel huschte durch die Gegend und fand keinen Punkt, an dem er haften bleiben konnte. Natalia zog ihren Slip als letztes aus und befand sich nun komplett nackt vor ihm. Sein Penis drückte unangenehm von innen in seine Boxershorts, er legte sie als letztes ab und genoss dann den Anblick, den sie abgab. Der sorgte dafür, dass er noch härter wurde. Sie öffnete ihre Beine, und ohne ein weiteres Wort zu verlieren, drang er tief in sie ein. Ihr entfuhr ein lautes Stöhnen, was ihn jedoch bloß weiter anstachelte. In immer kürzer werdender Abfolge stieß er in sie hinein, und der umherfliegende Dreck sorgte dafür, dass sein Oberkörper bald von einer feinen Staubschicht überzogen war. Natalia genoss es sichtlich, obwohl die Situation, in der sie sich befand, nicht die bequemste sein konnte. Sie kamen fast gleichzeitig zum Höhepunkt, und Jaxon spürte, wie sein Herz wie ein Presslufthammer in seiner Brust zu schlagen begann. Sie entfernten sich voneinander und blieben noch einige Sekunden auf dem Boden liegen, ehe Natalia das Wort übernahm.
»Jetzt bin ich komplett eingesaut.«
Sie schloss ihn erneut in seine Arme und drückte ihm einen feuchten Kuss auf die Lippen.
»Aber es hat mir gefallen.«
Einen Augenblick lang lauschten sie noch dem Rhythmus der Nacht, ehe sie aufstanden und weiter in Richtung Mühle gingen. Im Lichtkegel der Taschenlampe wirkte das alte Bauwerk unheimlich, fast so, als wäre es direkt aus einem Horrorfilm entsprungen. Natalia hielt sich dicht hinter Jaxon, überließ ihm die ersten Schritte hinein. Durch den bogenförmigen Durchgang gelangten sie wieder ins Innere. Von irgendwo her wehte plötz-

lich ein kühler Luftzug, der dafür sorgte, dass die morschen Dielen ein unheimliches Knarzen von sich gaben. Generell fühlte Jaxon sich zu dieser Zeit an diesem Ort nicht wohl - da nutzte auch Natalias Anwesenheit nichts. Sie mussten vorsichtig sein und sich ruhig verhalten. Irgendwie hatte Jaxon jedoch das Gefühl, dass sie hier nicht alleine waren. Es war komplett ruhig in der Getreidemühle, doch es war fast so, als würde die Luft durch fremderzeugte Spannungen vibrieren. Es war schließlich das leise, kaum hörbare Schleifen einer metallenen Tür über den steinernen Boden, dass seine Aufmerksamkeit auf den hinteren Teil des Eingangsbereiches lenkte.

10

Sebastian konnte nicht viel mehr sehen als den schwarzen Schemen, der bereits wenige Augenblicke später wieder hinter der Tür verschwunden war. Er drehte sich um, stemmte seine Hände gegen die Gitterstäbe, schaffte es jedoch nicht, die Tür aufzustemmen. Sie saß fest in der Verankerung und ließ sich keinen einzigen Millimeter bewegen.
»Wir sitzen in einer Falle!«
Er schlug unter voller Wut mit der flachen Hand gegen die Gitterstäbe, doch außer einer Schmerzwelle, die seinen gesamten Körper schlagartig durchzuckte, passierte nichts.
»Was machen wir jetzt?«
In Brendas Stimme schwang eine außerordentliche Portion Angst mit.
»Ich habe keine Ahnung. Aber dieser Typ ist noch hier.«
Aus dem Bereich hinter der Tür waren schwere Schritte zu hören, die das bestätigten. Doch in den kommenden Minuten kam der Mann, der sie in dem Gefängnis eingesperrt hatte, nicht wieder in den Raum zurück. Während Brenda größtenteils still darauf wartete, wieder befreit zu werden, versuchte Sebastian sich erneut daran, den markierten Stein aus dem Boden zu bekommen. Doch das gelang ihm nicht - die Steine waren einzementiert und über die vielen Jahre war der Zement unzerstörbar ausgehärtet. Irgendwann gab er es auf und setzte sich auf den Boden. Es war unfassbar heiß und stickig in dem Raum, Sebastian war relativ schnell komplett durchgeschwitzt.
»Wir müssen hier irgendwie rauskommen«, meinte Brenda schließlich irgendwann.

»Ich habe alles versucht. Wir sind hier eingesperrt und können nur darauf hoffen, dass uns dieser Typ wieder befreit.«
Er ballte die Hand zur Faust.
»Und dann soll er sein blaues Wunder erleben.«
Seine Worte hatten jedoch nicht die gewünschte Wirkung. Brenda wirkte weiterhin verunsichert und hilflos. Es dauerte eine gefühlte Ewigkeit, bis sich endlich etwas tat. Die Schritte kamen näher und Sebastian spürte, wie das seinen Puls in die Höhe trieb. Ein kurzes Klicken war zu hören - Ursache dafür war ein Schlüssel, der von außen ins Schloss gesteckt und umgedreht worden war. Die Tür schob sich auf und eine Gestalt trat in den Raum. Gesicht und der gesamte Körper waren verhüllt, der Umhang besaß einzig und allein einen kleinen Schlitz, aus dem Sebastian ein funkelndes Augenpaar anblickte. In der rechten Hand trug der Mann eine Bauernsichel, an der ein dünner Blutfilm klebte. Er kam der Zelle näher und schlug mit voller Wucht mit der Sichel gegen die Gitterstäbe. Ein ohrenbetäubendes Geräusch erklang, als die beiden Metallteile aufeinandertrafen. Als es langsam abgeklungen war, sagte die Gestalt:
»Ich bin der Wächter der Mühle.«
»Es ist mir scheißegal, wer du bist.«
Sebastian spürte die Wut in sich hochkochen.
»Lass uns verdammt nochmal hier raus, oder ich leg dich mit meinen eigenen Händen um.«
Er war selbst überrascht, zu was ihn seine Wut in diesem Moment verleitete.
»Ihr habt meinen Schatz nicht gefunden.«
Die Gestalt ließ sich von seinen Worten nicht verwirren. Der Mann, oder was auch immer das da war, was vor den Gitterstäben mit einer Sichel in der Hand bewaffnet stand, wusste,

dass er das Gespräch in die Richtung lenken konnte, die ihm gefiel.
»Aber hier ist das Kreuz«, meinte Brenda.
Ihre Stimme zitterte, und sie schaffte es nicht, ihr mit einem festeren Ton etwas Nachdrücklichkeit zu verleihen, obwohl sie es versuchte.
»Es gibt fünf verschiedene Orte, die ich in der Mühle mit einem Kreuz versehen habe. Nur einer führt euch zum Schatz. Zu *meinem* Schatz.«
Er steckte seine Hand durch die Gitterstäbe und kam Sebastian so gefährlich nah mit der Sichel. Da die Gefängniszelle so klein war, konnte er keinen weiteren Schritt ausweichen – die Sichel fuhr langsam in Zeitlupe an seiner Stirn vorbei. Die Gestalt atmete schwer, während Sebastian spürte, wie ihm sein Herz im Angesicht des nahen Todes in die Hose rutschte.
»Sagt mir eure Namen.«
Fauliger Atem schlug ihm ins Gesicht, als der Mann die Worte sprach.
»Du kannst dir meinen Namen sonst wo...«
»Sebastian«, keuchte Brenda.
»Er heißt Sebastian. Und ich heiße Brenda.«
Die Sichel streifte die Nasenspitze von Sebastian und hinterließ eine kleine Wunde, aus der Blut auf seine Oberlippe floss.
»Ich verlasse euch jetzt. Aber ich werde wiederkommen.«
»Lass uns sofort hier raus!«
Die Gestalt lachte bloß.
»Du verdammter Bastard!«
Die Tür schlug wieder ins Schloss und hinterließ einen lauten Knall, der in der gesamten Mühle widerhallte.

Sebastian hatte sein Zeitgefühl verloren. Immer mal wieder waren Schritte aus dem Eingangsbereich der Mühle zu hören gewesen – er hatte sich die Seele aus dem Leib geschrien, doch alle Geräusche wurden von der dicken Stahltür, die sie vom restlichen Teil trennte, verschluckt. Brenda hatte sich nach einiger Zeit in die Ecke gesetzt und die Arme um die Beine gelegt. Sebastian fühlte sich hilflos – er konnte nichts, außer ihr gut zu reden, doch irgendwann klangen seine Worte nur noch wie leere Parolen. Die Tatsache, dass es etwas Kälter geworden war und sich langsam Dunkelheit über den Raum mit der Zelle gelegt hatte, war für Sebastian ein Indiz dafür gewesen, dass langsam aber sicher der Abend angebrochen war. Er hatte überhaupt keine Ahnung, was der Mann vorhaben könnte, konnte sich nicht erklären, warum verdammt nochmal sie in der Mühle eingesperrt waren. Seine einzige Hoffnung war nun Barbara – Brendas Schwester wusste, dass sie die Mühle besuchen wollten, und sie würde sich sicherlich wundern, warum das so lange dauerte. Der Haken an der Sache war allerdings, dass die dicke Stahltür abgeschlossen war – und, dass der Mann mit der Sichel vermutlich der Einzige war, der einen Schlüssel besaß. Sie konnten sich nicht bemerkbar machen und mussten hoffen, dass die Pläne, die der Mann mit ihnen hatte, keine schlimmen waren. Sebastian trat voller Frust gegen die Stäbe, woraufhin Brenda zusammenzuckte. Irgendwann später war dann wieder das Klicken im Schloss zu hören und die Tür wurde aufgeschoben.
»Wir bekommen gleich Besuch«, hauchte der Mann.
»Das gefällt dem Wächter der Mühle nicht. Er muss sich überlegen, was er nun anstellen soll.«
Sebastian wunderte sich nicht, warum der Mann von sich selbst

in der dritten Person sprach. Die Tatsache, dass er sie hier in der Gefängniszelle eingesperrt hatte, war Beweis genug dafür, dass psychisch etwas ganz und gar nicht mit ihm stimmte. Doch genau das machte ihn eben auch um einiges gefährlicher – genauso wie die blutverschmierte Sichel in seinen Händen, die fast wie ein Mahnmal wirkte.
»Ein Mann ist in den Getreidetank gestürzt, und der Wächter der Mühle hat ihm die Augen ausgestochen, weil er für zu viel Aufruhr gesorgt hatte. Polizei und Ärzte waren hier, doch der Wächter der Mühle wollte kein Risiko eingehen und hat schnell das Weite gesucht. Jetzt sind sie wieder weg, und die Gefahr ist gebannt.«
Jetzt konnte Sebastian sich auch die vielen Schritte erklären, die er vor einigen Stunden gehört hatte. *Die Polizei war hier, und sie haben uns nicht gefunden.* Er spürte, wie seine gesamte Hoffnung und Motivation, die in den letzten Stunden noch vorhanden gewesen war, nach und nach von ihm abfiel. *Wer soll uns finden, wenn nicht mal mehr die Polizei das geschafft hat?*
»Was ist das Begehr vom Wächter der Mühle?«
Während Sebastian seinen Gedanken nachgehangen war, hatte Brenda das Wort übernommen und sich auf die Sprache des Mannes eingelassen. Das war vielleicht gar keine so schlechte Idee – Sebastian entschied sich dazu, den Mund zu halten und dem kommenden Gespräch zuzuhören.
»Der Wächter der Mühle muss seinen Ort schützen. Nur der, der den Schatz findet, kann die Nachfolge des Wächters antreten.«
Aus diesem Satz wurde Sebastian nicht schlauer.
»Wo liegt der Schatz?«, fragte er Brenda.
Wenn er uns das verrät, sind wir dem Tode geweiht, dachte Se-

bastian.

Die folgenden Worte sprach der Mann in einer Art Singsang.

»Geh zwei Schritte nach rechts, dreh dich im Kreis, steige tiefer ins Herz der Mühle, alles andere ist vergebene Mühe. Schliiiiii-ieß die Augen und sag Gute Nacht.«

Sebastian konnte nicht so schnell reagieren und schon gar nicht das verhindern, was als nächstes passierte. Die Sichel schoss durch die Gitterstäbe nach vorne, und als der Mann sie wieder zurückzog, riss er ihm in einem Ruck die halbe Nase aus dem Gesicht.

11

»Was war das?«, fragte Natalia.
»Ich weiß es nicht«, murmelte Jaxon.
»Es kam von dort.«
Er zeigte in die Richtung, aus der er vermutete, das Geräusch gehört zu haben. Nun erklangen auch Schritte aus der Dunkelheit, doch auch als er die Taschenlampe umher schwenkte, konnte er niemanden entdecken. Der dumpfe Ton ließ zudem vermuten, dass sie ihren Ursprung irgendwo hinter einer der vielen Türen hatten.
»Es kann sein, dass wir nicht allein sind. Aber wir müssen jetzt Ausschau nach dem Schatz halten.«
Jaxon überlegte, in welche Richtung sie ihren Weg einschlagen sollten. Der Korridor, den sie am Mittag besichtigt hatten, war eher unscheinbar gewesen und hatte auf ihn nicht den Anschein gemacht, als verberge sich dort ein Schatz hinter einer der Türen.
»Wie kommst du darauf?«
»Nun, Gary wurden die Augen ausgestochen. Das ist definitiv nicht durch den Sturz passiert. Wir müssen einfach vorsichtig an die Sache ran gehen und Acht geben.«
Für eine verdammte Million sollte man auch was riskieren dürfen. Dieser Gedanke sorgte dafür, dass sich wieder ein Kribbeln in seinem Körper ausbreitete. *Es muss einfach so sein, verdammt. Irgendetwas Merkwürdiges geht hier doch vor sich.* Natalia blieb dicht hinter ihm. Jaxon hatte nun eine Tür an der Wand ausgemacht, bei der man von weitem schon sehen konnte, dass sie nur angelehnt im Rahmen lag. Das weckte sein Inte-

resse, er wagte sich näher heran und öffnete sie einen Spalt, so dass er und Natalia hindurchgehen konnten. Vor ihnen erstreckte sich ein alter Fachwerkraum mit allerhand interessanten Dingen. Direkt in der Mitte gab es einen Brunnen. Kurz vor der Wand stand ein riesiger Mahlstein, unter dem sogar noch etwas Getreide lag. Der Boden war verstaubt, und auch die Luft wirkte irgendwie schmutzig. Man sah dem Raum an, dass er vor langer Zeit das letzte Mal benutzt worden war. Jaxon vermutete, dass es im oberen Bereich einen moderner eingerichteten Raum gab, in dem heutzutage noch gearbeitet wurde. Die Wände bestanden aus Beton, der an einigen Stellen bereits schwarze Abnutzungsspuren aufwies. Ein altes Wagenrad mit einem großen Riss in der Mitte des Holzes stand direkt neben dem Mahlstein. Ansonsten war der Raum mit allerhand Krempel vollgestellt, alte, unbrauchbare Dinge, wozu auch teilweise verrostetes Werkzeug zählte. Alles wirkte wie aus einer anderen Zeit, Jaxon fühlte sich, als wäre er im Mittelalter gelandet. An der rechten Wand befand sich eine Stahlöse, an der eine dicke Kette hing. Auch diese war bereits verrostet, und man konnte sehen, dass der Lauf der Zeit nicht spurlos an ihr vorbeigegangen war.
»Man könnte fast meinen, das hier sei eine Folterkammer«, murmelte Natalia.
Jaxon musste grinsen.
»Wie kommst du denn darauf?«
»Na ja, das ist doch absolut surreal hier.«
»So war das nun mal im Mittelalter«, murmelte Jaxon.
»Damals herrschten andere Verhältnisse.«
»Woher willst du das denn wissen?«, fragte Natalia.
»Ich befasse mich eben mit der menschlichen Geschichte.«
Natalia warf ihm einen skeptisch grinsenden Blick zu, beließ es

jedoch dabei. *Sie hat echt immer etwas gegen alles einzuwenden.* Jaxon war in diesem Moment allerdings nicht genervt davon - ganz im Gegenteil. Der Sex mit ihr war fantastisch gewesen, und ihm würde es jetzt gar nicht in den Sinn kommen, eine größere Diskussion anzufangen.
»Schau dir das mal an.«
Während er seinen Gedanken über den vollzogenen Geschlechtsakt nachgehangen war, hatte Natalia sich etwas entfernt und sich neben dem Wagenrad, welches Jaxon zuvor bereits entdeckt hatte, hingekniet. Jaxon bückte sich und sah sich das an, worauf Natalia zeigte. Direkt oberhalb des Risses in der Mitte war ein großer, dunkler Fleck zu sehen, der erst im Licht der Taschenlampe deutlich wurde. Jaxon erschauderte. An dem Wagenrad klebte Blut, und es sah aus, als wäre es gerade erst getrocknet.
»Verdammt. Was geht hier vor sich?«
»Das ist ein Kreuz!«, meinte Natalia.
Jaxon begutachtete den Fleck erneut. Und tatsächlich - mit viel Fantasie verliefen die Linien, die das Blut auf dem alten, morschen Holz des Wagenrades hinterlassen hatte, zu einem Kreuz.
»Das stimmt. Aber was hat das zu bedeuten?«
»Na was wohl? Denk nur mal scharf nach.«
»Ich verstehe nicht…«
Noch während er die Worte aussprach, stockte er, da ihm die Bedeutung ihrer Aussage auf einen Schlag klar wurde.
»Du meinst, hier befindet sich der Schatz?«
Natalia nickte.
»Hilf mir mal bitte, das Rad hochzuheben.«
Es war schwerer, als er gedacht hatte, doch mit einem großen

Kraftaufwand und gemeinsam mit Natalias Hilfe schaffte er es, das Wagenrad hochzuhieven und es gegen die alte Mauerwand zu lehnen. Der Boden bestand aus Holzdielen, doch ausgerechnet an dieser Stelle fehlte eine. Das Loch war zuvor von dem Wagenrad bedeckt und daher nicht sichtbar gewesen.
»Heilige Scheiße«, murmelte Jaxon.
»Wir scheinen den Schatz tatsächlich gefunden zu haben.«
Direkt unterhalb des Spaltes schimmerte etwas im Lichtkegel seiner Taschenlampe. Jaxon richtete seine volle Aufmerksamkeit darauf und konnte nun sehen, dass sich eine Metallkiste unter der Erde zu befinden schien. Er grub mit den Fingern, der Dreck blieb unter seinen Nägeln hängen, doch das war ihm in diesem Moment egal. Es dauerte lange, bis ihm der Durchbruch gelungen war - doch irgendwann hatte er es tatsächlich geschafft. Sie hatten die Metallkiste freigelegt, und Jaxons Blick blieb an dem Zahlenschloss hängen, welches um die Öffnung gespannt war. Es war natürlich verschlossen - der Bügel würde sich nur bewegen lassen, wenn man die richtige, dreistellige Kombination eingeben würde.
»Verdammt.«
Jaxon spürte, wie er von der Enttäuschung ergriffen wurde – konnte aber nicht sagen, warum das so war. Was hatte er erwartet? Wenn es wirklich einen Schatz geben sollte, dann, das war ihm klar, würde dieser gut gesichert sein. Er wäre allerdings auch nie darauf gekommen, das Wagenrad hochzuheben, wenn Natalia ihn nicht darauf gebracht hätte.
»Ein Rätsel. Sowas gefällt mir«, meinte Natalia.
»Lass uns die Kiste zum Platz bringen. Maxwell und Laura werden sicherlich noch wach sein, dann können wir ja mal anfangen, zu versuchen, das Schloss aufzubekommen.«

»Der Schatz der Mühle bleibt an seinem Ort, bis der Code geknackt ist.«
Eine dunkle Stimme erfüllte den Raum - kurz darauf knallte die Tür geräuschvoll in den Rahmen, und als Jaxon den Lichtkegel der Taschenlampe in die Richtung des Geräusches schwenkte, erstarrte er. Es fühlte sich so an, als würde er dem Tod direkt in die Augen blicken.

»Sie ist immer so komisch drauf«, murmelte Laura, während sie gerade einen dreckigen Teller mit der Spülbürste sauber schrubbte.
Maxwell hatte gehofft, dass sie das Thema nicht ansprechen würde - und merkte, wie ihre Worte dafür sorgten, dass der Schmerz seiner Stichwunde wieder aufflammte. Er fasste sich an die Stelle, an der das Messer in seine Haut eingedrungen war, und stützte sich mit der anderen Hand am Spülbecken ab.
»Hast du starke Schmerzen?«
Laura klang besorgt.
»Es geht. Aber wenn wir jetzt über Natalia und diese merkwürdige Situation diskutieren, dann wird es nicht besser.«
Er wollte ihr damit einfach nur sagen, dass es ihm am liebsten wäre, das Thema komplett zu vergessen. Er hoffte im Stillen, dass sie seine Worte nicht missverstanden hatte, und blickte ihr tief in die Augen.
»Hör zu, ich denke dasselbe wie du. Wir sollten schleunigst von hier verschwinden. Aber Jaxon ist ein guter Kumpel, verstehst du? Zudem ist Natalia einfach nur naiv, ich hoffe, er erkennt das schnell genug. Ich möchte die beiden aber auch nicht allein lassen, was du hoffentlich verstehst.«
Laura sah ihn fragend an.

»Max... manchmal musst du nur an dich selbst denken. Oder besser gesagt an uns.«

Aus ihrer Stimme war deutliche Enttäuschung zu vernehmen. Maxwell überlegte, ob er etwas falsch gemacht hatte - sie nannte ihn nur selten Max, und das war eines der vielen Dinge, die sie von anderen Paaren unterschieden. Andere nannten ihren Partner nur selten mit dem vollen Namen - meistens dann, wenn das Gesagte Spuren hinterlassen sollte. Bei Laura war das andersherum, sie nutzte die Kurzform seines Vornamens, um in die Zentrale seiner Gedankengänge einzudringen. Bei Maxwell schrillten in diesem Moment alle Alarmglocken, und er besann sich dazu, ihre Worte ernst zu nehmen. Das letzte Mal, als sie ihn Max genannt hatte, war vor einem heftigen Streit gewesen, bei dem Laura das erste Mal so richtig aus der Haut gefahren war - was er ihr zuvor niemals zugetraut hätte. *Jetzt denkt sie, wir schweben in Gefahr. Ich muss ihr eine Schulter zum Anlehnen bieten.* Er griff nach ihrer Taille und drehte sich ein halbes Mal um seine eigene Achse. Ihre Gesichter befanden sich nun ganz nah beieinander... er bewegte seinen Kopf noch etwas weiter nach vorne und drückte ihr einen Kuss auf die Lippen.

»Ich denke an uns. Mehr als an alles andere. Trotz alledem sollten wir auch als Gruppe funktionieren.«

Er legte eine kurze Pause ein, gab ihr diesen Moment, um seine Worte zu verdauen. In der Zeit nahm er den Teller, den sie gerade abgewaschen hatte, in die Hand und trocknete ihn ab. Sie waren um diese Uhrzeit die einzigen in dem kleinen Waschhaus - der Raum bestand aus drei nebeneinanderliegenden Spülbecken und hatte daher auch eine ordentliche Größe. An der anderen Wand standen noch fünf Waschmaschinen, von denen eine lief und eine Restzeit von dreiundzwanzig Minuten anzeigte.

Die Minuten tickten auf einer digitalen Anzeige herunter, und als Maxwell sich umdrehte, waren es nur noch zweiundzwanzig. *Was soll sich jemand, der unsere Unterhaltung mithört, bitte denken?*
»Ist was?«, fragte Laura.
»Nein. Ich möchte nur nicht, dass uns jemand hört.«
»Okay. Dann lass uns den Abwasch fertig machen und dann zum Platz zurück.«
Sie wuschen das Geschirr ab und schlugen dann den Rückweg ein. Als sie vor der Vorderseite des Gebäudes standen, dort, wo der Haupteingang der Sanitäranlage lag, sagte Maxwell:
»Ich muss eben mal kurz auf Toilette.«
Laura nickte.
»Okay, beeile dich.«
Sie sagte diese Worte nicht ohne Grund, und Maxwell war froh, dass sich ihre Stimmung wieder etwas gebessert hatte.
»Ich werde mir Mühe geben.«
Er warf ihr ein verkniffenes Grinsen zu, ehe er in den Bereich eintrat. Der Waschraum vor ihm war mit blauen Fliesen gekachelt, und zu seiner Rechten ging es in den Bereich mit den Toiletten. Eine Geruchsmischung aus Urin und Fäkalien lag in der Luft - es war so schlimm, dass Maxwell würgen musste. Alles in ihm gab ihm den Impuls, einfach umzudrehen - doch seine Blase war so voll, dass er sie dringend entleeren musste. Er stellte sich an eines der drei Urinale, öffnete den Reißverschluss seiner Hose und stellte sich in Position. Er ließ einfach laufen, und während der Urin in das Porzellanbecken unter ihm floss, hörte er, wie die Tür hinter ihm leise quietschte. Sie schob sich quälend langsam auf, und Maxwell spürte einen kühlen Luftzug in seinem Rücken, der ihm eine Gänsehaut brachte. Er schüttel-

te sich und versuchte so, das unangenehme Gefühl zu vertreiben. Als er dann seine Blase komplett entleert und den Reißverschluss seiner Hose hochgezogen hatte, drehte er sich um - und erstarrte bei dem Anblick des toten Mannes auf der Toilettenschüssel, der inmitten seiner eigenen Exkremente und einer riesigen Blutlache lag.

12

Der Abend hatte bisher nicht viel gebracht - einige Gäste hatten zwar die kleine Kneipe des *Camp Seaside* aufgesucht, doch wirklich viel zu tun hatte Barbara nicht gehabt. Das war ihr ganz recht - langweilig wurde ihr nicht, sie hatte sich zahlreiche Boulevardmagazine mitgebracht, die sie nach und nach durchblätterte. Die Neuigkeiten aus der Welt der Stars und Sternchen interessierten sie schon seit langer Zeit - seien es geheime Paparazzi Aufnahmen oder Berichte, die Tatsachen ans Licht brachten, von denen bisher niemand auch nur den Hauch einer Ahnung gehabt hatte. Jeder Mensch hatte seine Leichen im Keller - weshalb sollte das bei Prominenten anders sein? Sie atmeten dieselbe Luft, und nur weil man Geld besaß, war man noch lange nicht was Besseres. Sie hatte sich gerade ein Glas kalte Cola eingeschenkt, als sie hörte, wie die hölzerne Tür aufgeschoben wurde. Das Läuten der kleinen Glocke, die an der Seite des Rahmens angebracht war und immer einen Ton von sich gab, wenn jemand eintrat, ließ Barbara ihren Blick heben. Ein Mann mit einer äußerst ungepflegten Erscheinung stand direkt vor dem Tresen - er sah aus wie ein Obdachloser, woraufhin Barbara angeekelt das Gesicht verzog. Sie hasste solche Typen, die keinen Wert auf ihr Äußeres legten - ja, sie verachtete sie sogar.
»Hallo.«
Die Stimme klang kratzig und so, als hätte die Lunge des Mannes jahrelanges Zigarettenrauchen hinter sich. Der Geruch, den er dabei ausstrahlte, stützte die Vermutung sogar noch. Barbara zog eine Augenbraue hoch.

»Hey, Süße. Mein Name ist Franky.«
Der Tonfall des Mannes passte ihr so gar nicht. *Was für ein Macho. Was denkt der bitte, mit wem er spricht? Ich bin kein billiges Flittchen, was man einfach so für eine Nacht buchen kann.*
»Was gibt es, Franky?«
Sie versuchte gar nicht erst, ihre Abneigung zu verbergen.
»Einmal Bacardi-Cola, bitte.«
Barbara mischte ihm das gewünschte Getränk zusammen, öffnete den Kühlschrank und wollte gerade eine Ladung Eis hineinpacken, als er sie jedoch davon abhielt.
»Ohne Eis.«
Sie reichte ihm das Glas und notierte sich die zwei Dollar fünfzig, die er zu begleichen hatte. Dann verschanzte sie sich wieder hinter dem Tresen, und hoffte, dass bald noch jemand anderes hineinkommen würde. Sie fühlte sich nicht wohl in der Gegenwart des Mannes, dessen stechende Blicke sie sogar durch die Zeitschriften spüren konnte. Er sagte jedoch zunächst nichts und ließ sie in Ruhe. Irgendwann, es mussten fünf Minuten vergangen sein und Barbara hatte sich bereits damit abgefunden, räusperte sich der Mann und begann zu sprechen, nachdem er das Glas so laut auf dem Tresen abgestellt hatte, dass ein feiner Riss im Rücken aufgeplatzt war. Der letzte Rest Bacardi-Cola, der sich noch in dem Gefäß befunden hatte, schwappte über und verteilte sich auf der Holztheke.
»Franky mag es nicht, wenn man abschätzig und verachtend mit ihm redet. Franky hat sowas schon sehr häufig gelebt, und niemand, der das jemals getan hat, konnte dem Zorn von Franky standhalten.«
Er griff in seine Hosentasche und zog ein Messer hervor. Die Klinge war lang und dreckig, und Barbara zuckte zusammen,

als er es in ihre Richtung schwenkte. Sie stand auf und schob den Stuhl so weit zurück, dass er gegen die Wand prallte und laut auf dem Boden landete.
»Hilfe!«
Alle Fenster waren geschlossen – und der Schrei, den Barbara ausstieß, blieb daher in den Wänden hängen. Sie taumelte nach hinten und riss das Regal herunter, in dem sich neben Bierkrügen auch viele verschiedene Gläser befanden. Franky schien sich davon jedoch nicht stören zu lassen, er kam ihr immer näher, und da hinter Barbaras Rücken direkt die Wand war, hatte sie keinen Platz mehr zum Ausweichen. Die Gläser zerbrachen, und während der Boden mehr und mehr von Scherben übersät wurde, schritt Franky einfach durch das Feld der Zerstörung, welches er selbst hinterlassen hatte. Eine der Scherben bohrte sich durch die Sohle seines Schuhes, doch das schien ihn überhaupt nicht zu stören. Er verzog sein Gesicht zu einem bestialischen Grinsen, lachte, und zog sich die Scherbe einfach heraus.
»Franky spielt gerne mit Menschen«, sagte er.
Sein verfilztes Haar klebte an seiner Stirn, und der Ausdruck in seinen Augen, die fast ein bisschen wie Schweineaugen anmuteten, war ein wahnsinniger. Die dreckige Klinge kam ihr immer näher, und das letzte, was sie sah, war, dass ihr pinkes Haarband zu Boden fiel. Direkt danach drang das Messer schon in ihren Hals ein, und bevor sie irgendetwas dagegen tun konnte, riss Franky ihr mit der scharfen Klinge die Kehle auf. Das Blut ergoss sich auf den Boden hinter der Theke und sammelte sich zu einer Pfütze.

»Was ist das?«, fragte Natalia.

In ihrer Stimme war nun gar nichts mehr von Überheblichkeit oder dergleichen zu hören. Ihr Tonfall wurde von blanker Angst dominiert. Jaxon blickte dem Mann, der sich vor ihnen aufgebaut hatte, an. Er trug einen schwarzen Umhang, und aus seinem rechten Ärmel ragte eine Sichel heraus, von der dunkle Blutstropfen auf den Boden tropften.
»Ihr habt den Schatz der Mühle gefunden.«
Die Worte klangen so kalt, dass Jaxon eine Gänsehaut bekam. Ein Kribbeln durchzuckte seinen gesamten Körper, er schüttelte sich, um das unangenehme Gefühl zu vertreiben, schaffte das aber nicht. Der Mann drehte sich um, doch die dunkle, schwarze Kapuze, die er trug, gab nicht mal einen kleinen Blick auf sein Gesicht frei.
»Lass uns hier raus!«
Natalia zupfte ängstlich an Jaxons Ärmel.
»Wir müssen an ihm vorbei«, murmelte Jaxon.
Der Fachwerkraum, in dem sie sich befanden, hatte nur die eine Tür, die wieder zurück in den Eingangsbereich der Mühle führte. Und eben diese Tür befand sich direkt hinter dem Mann mit dem schwarzen Umhang. Jaxon ging an der Kiste vorbei. Er wollte sich seine Nervosität nicht anmerken lassen, doch je näher er der Gestalt kam, desto unsicherer wurde er.
»Wir verschwinden sofort wieder.«
»Was ist mit dem Schatz?«, fragte der Mann.
»Er ist nicht wichtig.«
Die Sichel schoss in seine Richtung, doch Jaxon schaffte es gerade noch, sich rechtzeitig weg zu ducken. Der Mann machte einen Satz nach vorne und riss ihn dadurch von den Beinen. Der Aufprall auf dem Holzboden quetschte ihm die Luft aus den Lungen, es fühlte sich an, als würde eine seiner Rippen brechen.

Jaxon schrie vor Schmerz auf, versuchte irgendwie, sich unter dem Mann herauszuwinden - doch dieser war zu stark. Keuchend und von Schweiß überströmt versuchte er irgendwie, wieder Luft in seine Lungen zu bekommen. Der Druck wurde immer stärker, und die Sichel war seinem Gesicht gefährlich nahe... als er die Augen schloss und sich mit seinem nahenden Schicksal abfand, ließ der Griff in Folge eines lauten Knalles plötzlich nach. Jaxon öffnete die Augen wieder - und sah Natalia, die den Mahlstein in der Hand hielt.
»Verdammt, das war ein guter Schlag.«
»Kannst du aufstehen?«, fragte sie besorgt.
»Ich weiß es nicht.«
Gemeinsam mit ihrer Hilfe war er nach wenigen Sekunden wieder auf die Beine gekommen. Mit seiner Vermutung schien er recht gehabt zu haben - er sog keuchend Luft ein, und merkte, wie das an einer Stelle mitten in seinen Rippen enorm wehtat.
»Ich glaube, ich habe mir eine Rippe gebrochen.«
»Lass uns die Kiste hier raus schaffen. Oder... wir müssen nochmal wiederkommen, wenn wir es jetzt nicht schaffen.«
Jaxon setzte sich auf den Boden und ließ dabei den Mann, den Natalia gerade mit einem harten Schlag mit dem Mahlstein außer Gefecht gesetzt hatte, nicht aus den Augen. Er bewegte sich nicht mehr - entweder war er bewusstlos oder tot, doch egal, was es war - es bedeutete, dass sie nun erstmal etwas Zeit hatten. Jaxon versuchte, die Metallkiste über den Boden zu ziehen, doch sie war einfach zu schwer. Nur mit ganz großer Mühe ließ sie sich ein kleines Stück bewegen.
»Wir müssen versuchen, das Schloss hier zu knacken.«
Sein Magen verkrampfte sich, als er an den Mann dachte, der eben einfach in den Raum gekommen war. *Gibt es hier noch*

mehr davon? Er hoffte, dass er der einzige gewesen war - und entschied sich dazu, dem reglosen Körper keinen Blick mehr zuzuwerfen.

»Na, dann mal los. Es gibt ja nur tausende Kombinationen.« Natalias Stimme klang sarkastisch.

»Vielleicht kommt ja gleich auch noch einer von diesen Psychopathen vorbei, dann kann der uns helfen. Mensch, das wäre ja super.«

»Verdammt, ich weiß doch auch nicht, wie wir die Kiste von hier wegbekommen sollen!«

Jaxon wurde laut.

»Was erwartest du von mir, soll ich die Kiste auf den Rücken nehmen und den ganzen Weg bis zum Platz tragen? Das Ding ist zu schwer!«

»Okay okay, du hast ja recht«, murmelte Natalia.

Es klang fast so, als hätte es was gebracht, die Stimme mal zu erheben. Jaxon war sonst eher ruhig, und es dauerte schon eine gewisse Zeit, bis er ausrastete - nun war das aber geschehen, und er spürte, wie er dennoch ein schlechtes Gewissen bekam. *Sie hat mir gerade das Leben gerettet, und ich habe nichts Besseres zu tun, als sie anzuschnauzen?*

»Dann lass uns zurück. Wir sollten mit Maxwell und Laura direkt wieder herkommen, und versuchen, die Kiste zu viert zum Platz zu tragen. Scheißegal ob da eine oder zehn Millionen Dollar drin sind... dieser Ort macht mir Angst.«

Die Worte, die sie nun ausgesprochen hatte, klangen vernünftig. Jaxon nickte, und so verließen sie die Mühle durch den bogenförmigen Durchgang und traten auf den Feldweg hinaus. Die Taschenlampe war ihr steter Begleiter auf dem Weg zurück, Natalia trug sie und ließ den Lichtkegel immer wieder durch die

Umgebung schwenken. Sie mussten etwas langsamer gehen und brauchten daher auch länger, um den Weg zur Zeltwiese zurückzulegen. Der Schmerz in der Rippengegend ebbte nicht ab, ganz im Gegenteil, er wurde mit jedem Atemzug eher noch schlimmer. Jaxon war enorm erleichtert, als sie sich durch das Maisfeld hindurch bis zur Straße gekämpft hatten. Im Rezeptionsgebäude brannte noch Licht, ansonsten hatte sich Stille über den Platz gelegt. Es musste bereits tief in der Nacht sein - Jaxon hatte sein Zeitgefühl verloren und konnte überhaupt nicht einschätzen, wie spät es war. Während des Weges sagten sie nicht mehr viel, und er überlegte, an was Natalia wohl gerade dachte. *Befasst sie sich nur mit dem Schatz?* Er hoffte sehr, dass es diesbezüglich zwischen Laura und ihr nicht wieder zu einer Auseinandersetzung kommen würde. Natalia war verdammt stur, und das half ihr in vielen Belangen des Lebens einfach nicht weiter. Zudem fragte er sich, ob sie sich der Gefahr wirklich bewusst war. Ihre Worte hatten zwar vernünftig geklungen - für Jaxon war es jedoch äußerst wahrscheinlich, dass sie das nur gesagt hatte, weil er sich verletzt hatte. Sie war es zwar gewesen, die den Mann mithilfe des Mahlsteines niedergestreckt hatte, doch das war auch nur geschehen, weil Jaxon mit dem Angreifer in einen Kampf verwickelt gewesen war. Allein hatte sie keine Chance gegen die Gestalt mit dem schwarzen Mantel und der Sichel. *Verdammt. Warum haben wir ihn nicht getötet?* Der Gedanke fühlte sich verdammt falsch an - doch wenn der Mann aus irgendeinem Grund den harten Schlag überlebt hatte, dann, das wusste Jaxon, würde er sich rächen wollen.

»Ich glaube, es ist keine gute Idee, nochmal zurückzukehren.« Er sprach die ersten Worte seit dem Aufbruch von der Mühle. Natalia, die gedankenversunken vor ihm her schlenderte, drehte

sich um. Im gelben Licht der Taschenlampe sah Jaxon ihr verdrecktes und verschwitztes Gesicht. Doch selbst Dreck und Schweiß konnten ihr in diesem Moment nichts von ihrer Schönheit nehmen. Ganz im Gegenteil, die Wildheit, die ihr Blick ausstrahlte, gab ihr das gewisse Etwas.
»Wir müssen aber.«
»Nein. Wir müssen unser Leben nicht riskieren. Verdammt, was, wenn das nur eine Falle ist?«
»Du hast die Metallkiste doch gesehen!«
»Da kann alles drin sein! Denk doch nur mal scharf nach!« *Auch, wenn dir das manchmal schwerfällt*, fügte er in Gedanken hinzu und war im selben Moment froh, es nicht laut ausgesprochen zu haben.
»Wenn du das Geld einfach so liegen lassen willst, dann kehre ich um.«
Natalia stellte sich ihm plötzlich in den Weg und verschränkte die Arme.
»Das kannst du nicht...«
»Doch, das kann ich.«
Sie stieß ihn unsanft zur Seite, und erneut durchfuhr ihn der stechende Schmerz. Es war so schlimm, dass er sich auf den harten Asphalt setzen musste - und nichts dagegen tun konnte, dass Natalia den Weg zur Mühle erneut antrat und schon bald wieder im dichten Maisfeld verschwunden war.

13

Sie hatte ihn wirklich verdammt hart erwischt - doch konnte der Tod wirklich sterben? Die Antwort darauf konnte er sich von der Hand ablesen. Er lachte auf, auch, wenn sein Kopf noch immer schmerzte. Dieser verdammte Mahlstein. Dabei hatte er vermutlich noch Glück im Unglück gehabt - das Mädchen war nicht besonders stark gewesen, zudem war der Stein nur in etwa so groß wie eine Hand. In dem alten Fachwerkraum war es stockdunkel, doch er konnte selbst in der tiefschwarzen Dunkelheit sehen. Ihm fiel das Wagenrad ins Blickfeld, was dafür sorgte, dass vor seinem inneren Auge Bilder längst vergangener Zeiten umherzuckten. Diese Bilder befriedigten ihn. Es war kein Vergleich gewesen, die verletzte Ratte zu foltern und mit ihrem Blut das Holz des Rades zu bestreichen. Sein Verlangen gierte nach mehr, es trieb ihn dazu, das zu tun, was er vor vielen Jahren schon einmal getan hatte. Er erinnerte sich an die beiden, die er in der Gefängniszelle eingesperrt hatte - sie waren perfekt dafür geeignet gewesen, und der Gedanke an das, was er vorhatte, verschaffte ihm nicht nur eine Gänsehaut. Es zügelte auch die unbändige Wut auf das Mädchen, welches es gewagt hatte, ihn außer Gefecht zu setzen. Er würde sie alle nach und nach töten, und wusste nun, mit wem er anfangen konnte.

14

Sebastian hatte noch im selben Moment, in dem ihm die Nase mit der Sichel brutal aus dem Gesicht geschlagen worden war, das Bewusstsein verloren. Brenda hatte nichts dagegen tun können - er war hart auf dem Steinboden gelandet, und als der Wächter der Mühle den Raum verlassen hatte, hatte sie sich gebückt und seinen Puls kontrolliert. Er war noch am Leben – allerdings nicht ansprechbar. Sein Atem ging schwach und röchelnd, und das Blut aus der offenen Wunde hatte schon bald sein Gesicht überflutet. Irgendwann, Brenda hatte in der Zwischenzeit fast einen Nervenzusammenbruch erlitten, während sie weiter versucht hatte, die Zellentür irgendwie aufzubekommen, war Sebastian aus seiner Bewusstlosigkeit erwacht.
»B...b...renda?«
Seine Stimme klang schwach und kratzig. Er sah furchtbar aus, Brenda brachte es nicht übers Herz, ihn anzusehen.
»Ich lebe.«
Er hustete, und ihm war anzusehen, dass seine Verfassung sehr schlecht war.
»Wir müssen hier irgendwie rauskommen«, meinte Brenda.
Die Panik hatte sie in der Zwischenzeit gelähmt, sie sah keinen Ausweg aus dieser Situation. Fast schon apathisch starrte sie die alten, verrosteten Gitterstäbe an. Sebastian antwortete nicht, und als Brenda ihren Blick schweifen ließ, sah sie, dass er erneut das Bewusstsein verloren hatte. In diesem Moment wollte sie einfach nur schreien. Sie schrie so laut sie konnte, doch ihre Stimme wurde von den dicken Wänden verschluckt. Es war zum Verzweifeln. Sie trat und schlug wie von Sinnen gegen das

Metallgitter, die Stäbe verborgen sich sogar etwas, doch all das brachte letztendlich gar nichts. Die Tür ließ sich keinen verdammten Millimeter bewegen. Erschöpft setzte sie sich auf den Boden und strich Sebastian eine Strähne seiner blonden Haare aus der Stirn. Konnte das Schicksal Menschen wirklich zusammenschweißen? Brenda wusste nicht, was sie für ihn empfand, und vermutete, dass sie in dieser Situation sowieso eher an etwas anderes denken sollte. Sie musste jetzt warten und hoffen - warten darauf, dass der Wächter der Mühle wieder zurückkehren würde und hoffen, dass er aus irgendeinem Grund Erbarmen mit ihnen hatte und sie aus der Zelle freilassen würde.

Es dauerte sehr lange, bis schließlich etwas geschah. Brenda war in der Zwischenzeit eingenickt, die Erschöpfung hatte sie komplett übermannt. Das laute Schaben der Stahltür über den Boden hatte sie jedoch ruckartig wieder aufgeweckt. Voller Ehrfurcht blickte sie die Gestalt an, und verfolgte mit ihren Augen, wie der Mann die Sichel ablegte und in die Tasche seines schwarzen Umhanges griff. Es klimperte kurz, und wenig später hatte er den Schlüssel in der rechten Hand und steckte ihn in das Schloss der Zellentür. Brenda empfand bei dem Anblick jedoch keine Erleichterung - sie war gewarnt. *Was hat er vor?* Der Schlüssel klickte im Schloss, und schließlich öffnete er die Tür und sagte:

»Raus mit euch.«

»Er kann nicht aufstehen.«

Brenda schleuderte ihm die Worte voller Hass entgegen.

»Daran bist du Schuld.«

Der Wächter lachte.

»Steh auf. Ich werde ihm helfen.«

Brenda erhob sich und taumelte an der Gestalt vorbei in den

Eingangsbereich der Mühle. Der Gedanke an eine Flucht kam ihr gar nicht erst, sie würde Sebastian sicherlich nicht seinem Schicksal überlassen. Augenscheinlich konnte der Mann sich das denken, er zog Sebastian, der in diesem Moment das Bewusstsein wiedererlangt hatte, auf die Beine und stieß ihn in den nächsten Raum.

»Ihr habt den Schatz der Mühle nicht gefunden. Normalerweise bedeutet das den Tod für diejenigen, die sich auf die Suche gemacht haben. Doch für euch mache ich eine Ausnahme.«

Er ging ein paar Schritte vor und öffnete eine andere Tür. Es gab kein bisschen Licht, was die Sache deutlich erschwerte. Brenda konnte nichts sehen und musste sich auf ihren Instinkt verlassen. Ein paar Sekunden später wurde es jedoch hell - die Gestalt hatte das Licht im Eingangsbereich eingeschaltet, und aus mehreren, antiken Lampen brannte nun ein schummriges, gelbes Licht. Auch der Raum, in den sie eintreten sollen, wurde nun etwas erhellt. In ihm befand sich allerhand alter Kram, und ihr Blick blieb schließlich auf einer Metallkiste hängen, die genau in der Mitte des Raumes neben einem großen Wagenrad stand. Plötzlich spürte Brenda einen harten Griff, die Gestalt zog ihr die Handgelenke auf den Rücken und band sie mit einem dicken Stück Tau fest. Sie versuchte, sich zu wehren, doch die Fesseln saßen zu fest.

»Hey, was soll das?«

»Halt die Klappe.«

Der Wächter schlug ihr ins Gesicht, und seine harte Faust schickte sie zu Boden. Sebastian, der das erst zu spät mitbekam, drehte sich um und sah sie geschockt an.

»Brenda...«

»An das Rad!«

Die Stimme des Mannes klang scharf. Sebastian wich ein paar Schritte zurück. Der Schmerz, der von der Stelle ausging, an der sich bis vor Stunden noch seine Nase befunden hatte, war so allüberlagernd, dass ihm nichts anderes möglich war, als den Worten des Mannes zu folgen. Er war nicht in der Verfassung, eine Auseinandersetzung in Kauf zu nehmen. Schon in normalem Zustand wäre er dem Mann, der einen halben Kopf größer war als er, unterlegen gewesen - mit seiner Verletzung war er komplett machtlos. Er spürte die Speichen des Wagenrades in seinem Rücken und nahm wehrlos zur Kenntnis, wie der Wächter seine Hände und Füße mit dem Rad verknotete. Sein Körper befand sich in einer schmerzhaften, gestreckten Position, und seine Gliedmaßen brannten. Der Wächter der Mühle wandte sich ab und suchte etwas im hinteren Teil des Raumes. Brenda saß weiterhin auf dem Boden. Ihre Unterlippe war durch den heftigen Schlag des Mannes aufgeplatzt, und auf ihrem Kinn hatte sich eine ordentliche Menge Blut verteilt. Ihre Augen wirkten leer, sie stand unter Schock, und als sich der Mann schließlich umdrehte und mit einer großen Eisenstange in der Hand in ihre Richtung geschritten kam, zuckte sie zusammen. Sebastian fühlte nichts, der Schmerz dominierte seine Wahrnehmung und machte es ihm unmöglich, klar zu denken. Der erste Hieb der Eisenstange traf ihn an seinem rechten Unterschenkel, und er konnte spüren, wie der Knochen unter seiner Haut in zwei Teile brach. Dieselbe Prozedur folgte dann beim linken, und als der Wächter der Mühle mit seinen Armen fortfuhr und Brenda wie am Spieß schrie, war der Schmerz so stark, dass Sebastian ihm nicht mehr standhalten konnte.

Jaxon hatte nach wenigen Augenblicken wieder aufstehen kön-

nen, und sich letztlich dazu entschieden, den Weg zur Zeltstelle anzutreten. In seinem Zustand war es unmöglich, das Tempo von Natalia mitgehen zu können, zudem war sie ihm schon zu weit voraus. Er verfluchte sie innerlich dafür, dass sie ihn in solche Schwierigkeiten gebracht hatte. Zehn Minuten später hatte er schließlich die Zelte wieder erreicht. Von Maxwell und Laura war allerdings keine Spur zu sehen. Die Stühle standen noch immer draußen, doch das Geschirr und die Abwaschschüssel waren verschwunden. Jaxon wurde skeptisch. *Die waschen doch nicht tief in der Nacht ab?* Er ließ sich in das Polster des Stuhls sinken, atmete tief durch und entschied sich dazu, einen Moment zu warten. Es verging nur etwa eine Minute, ehe er wieder aufstand und den Weg zum Waschhaus einschlug, dorthin, wo sie nur sein konnten. In seinem Magen breitete sich ein mulmiges Gefühl aus, während er den Kiesweg entlangschritt. Schon aus der Ferne konnte er ein blaues Licht sehen. Zwei Streifenwagen hatten vor dem Haus geparkt, und ein rot weißes Absperrband flatterte laut im Nachtwind. Jaxon entdeckte recht schnell Maxwell und Laura und verspürte im ersten Moment Erleichterung darüber, dass den beiden offenbar nichts passiert war. Dann jedoch drängte sich die Frage nach der Ursache des Polizeiaufgebots in seinen Kopf. Schneller, als er eigentlich gehen sollte, schritt er auf die Sanitäranlage zu.
»Hier gibt es nichts zu sehen«, sagte ein älterer Polizist, der ihm direkt entgegenkam.
»Ist schon okay«, meinte Maxwell.
»Wir kennen ihn, er gehört zu uns.«
Der Alte zog eine Augenbraue hoch, ließ Jaxon dann aber durch.
»Was ist passiert?«, fragte er und versuchte, den stechenden

Schmerz zu ignorieren.
»Da war ein Toter in einer Toilettenkabine.«
Maxwells Stimme zitterte. Laura hatte Tränen in den Augen und hatte ihren Kopf auf seine Schulter gelegt.
»Wo ist Natalia?«, fragte sie.
»Sie ist noch bei der Mühle.«
Er wollte nicht vor dem Officer erzählen, was in der Mühle vorgefallen war - und was sie erwartete. Er versuchte, mit einem eindeutigen Blick klarzumachen, dass die beiden ihm zurück zur Zeltstelle folgen sollten. Maxwell schien das zu bemerken. Er wandte sich an den Officer und fragte:
»Brauchen Sie uns noch?«
»Nein, Sie können gehen. Wir haben Ihre Aussage zu Protokoll genommen und werden nun die Ermittlungen aufnehmen.«
»Danke. Und viel Erfolg.«
Mit diesen Worten verabschiedete Maxwell sich von dem Officer, und schlug gemeinsam mit Jaxon und Laura den Weg zurück zur Zeltstelle ein. Er trug die Abwaschschüssel in der Hand und stellte sie schließlich auf dem Tisch ab.
»Was ist passiert?«, fragte er.
»Warum ist Natalia dageblieben?«
Jaxon erzählte alles, er ließ bis auf den Geschlechtsverkehr kein einziges Detail aus. Als er bei der Stelle angekommen war, an der Natalia ihn stehen gelassen hatte, fuhr Laura ihm ins Wort.
»Das ist ja unfassbar. Ich dachte, sie wäre zur Vernunft gekommen. Jetzt bringt sie uns alle mit diesem Verhalten noch in Gefahr.«
Sie schob im selben Atemzug den Stuhl zurück und stand auf.
»Kommt, wir sollten keine Zeit mehr verlieren.«

15

Als Jaxon und Laura schließlich aufgestanden waren, blieb Maxwell noch einen Moment lang sitzen.
»Ich habe eine Idee.«
Die Blicke beider richteten sich auf ihn, und sie warteten auf das, was er ihnen nun zu erzählen hatte.
»Wir könnten den Officer fragen, ob er uns unterstützt. Ich meine, er hat ja eine Dienstwaffe, und wenn dort wirklich irgendein Psychopath auf uns lauert und Natalia vielleicht sogar in Gefahr ist, ist es sicherlich nicht verkehrt.«
»Sehr gute Idee«, stimmte Laura ihm zu.
»Wir sollten ihn direkt mal fragen.«
Jaxon war da anderer Meinung, doch er wollte sich das nicht anmerken lassen. Sie waren in der Überzahl und hatten ihn schon überstimmt, weshalb er stattdessen einfach nur nickte. Maxwell und Laura gingen den Weg zum Waschhaus zurück voraus, er folgte ihnen mit etwas Abstand. Natalia hatte die Taschenlampe auf ihrem Weg zurück zur Mühle mitgenommen, weshalb sie nun keine mehr hatten. Er überlegte, ob er das ansprechen sollte, entschied sich jedoch dagegen. *Wir fragen ja gleich den Officer, ob er uns helfen kann. Er wird sicher eine Taschenlampe im Wagen haben.* Maxwell und Laura hatten das Häuschen bald wieder erreicht. Der ältere Officer, Jaxon schätzte ihn im schwachen Licht der Außenbeleuchtung des Waschhauses auf Mitte fünfzig, stand vor dem Haus und hatte sich eine Zigarette angezündet. Während er hellen Rauch in die Luft blies, war zu sehen, dass sich seine Kollegen noch innerhalb befanden und den Tatort absicherten. *Er lässt für sich arbeiten,*

dachte Jaxon. *So muss man das machen.*
»Officer?«
Maxwell übernahm das Wort. Der Mann, der seinen Blick zu Boden gesenkt und sie nicht kommen gesehen hatte, hob den Kopf und sagte:
»Mr. Johnson? Haben Sie noch etwas vergessen?«
»Nein.«
Maxwell war jetzt direkt vor dem Officer angekommen. Hilfesuchend glitt sein Blick über die Dienstuniform des Mannes, bis er neben der Polizeimarke das aufgenähte Namensschild entdeckt hatte.
»Wir brauchen Ihre Hilfe, Officer Wilson.«
»Was kann ich für Sie tun?«
Maxwell drehte sich zu Jaxon um, woraufhin dieser das Wort übernahm. Er versuchte, das Erlebte möglichst glaubhaft darzustellen, zweifelte im Nachhinein jedoch daran, dass es ihm gelungen war.
»Das ist ja allerhand«, murmelte Wilson.
Er drehte sich um, ging in das Waschhaus hinein und rief:
»Lincoln?«
Ein etwas jüngerer Mann tauchte nun im Türrahmen auf. Er hatte sich seine Mütze abgesetzt, und so konnte Jaxon sehen, dass ihm seine Haare an der Stirn klebten.
»Ja?«
»Ich muss zu einem weiteren, vermeintlichen Tatort. Ich fahre allein... kümmert ihr euch um den Toten auf der Toilette, übergebt den Körper der Gerichtsmedizin und schreibt alles wichtige auf. Ich zähle auf euch.«
Lincoln nickte.
»Okay. Wohin...«

»Ich fahre zur Mühle. Und die drei werden mich begleiten.«
Er deutete auf Jaxon, Maxwell und Laura.
»Alles klar.«
Lincoln wandte sich wieder seiner Arbeit zu, während Wilson aus dem Haus trat und auf sein Auto zuschritt. Der Kies knirschte unter seinen Stiefeln, kleine Steinchen flogen in die Luft und prallten gegen das Blech des Polizeiwagens.
»Eigentlich ist es verboten, Zivilisten auf einem Einsatz mitzunehmen. Aber hier bleibt mir wohl keine andere Wahl. Kommt, steigt ein, wir fahren den Weg zur Mühle.«
Maxwell stieg auf der Beifahrerseite ein, während Jaxon und Laura auf der Rückbank Platz nahmen. Der Bereich zwischen Vorder- und Rücksitzen war durch ein Metallgitter getrennt, und während der Officer den Motor startete, meinte er:
»Eine Sache habe ich allerdings noch nicht ganz verstanden. Der Mann, der euch in der Mühle aufgelauert hat... ist er wirklich tot?«
Jaxon hätte ihm diese Frage zu gern beantwortet, doch er wusste es schlicht und ergreifend nicht. Er konnte nicht einschätzen, ob der Schlag, den Natalia mit dem Mahlstein gesetzt hatte, wirklich so fest gewesen war, dass er den Mann getötet hatte.
»Ich weiß es nicht«, sagte er daher.
Der Officer seufzte.
»Okay. Ich bin zwar schon sehr lange im Dienst, doch so eine Mordserie habe ich noch nie erlebt. Das hier ist ja nicht der erste Einsatz auf dem Gelände des Campingplatzes. Meine Kollegen waren heute Nachmittag schon vor Ort.«
Jaxon hoffte, dass Maxwell und Laura in diesem Moment kein Wort darüber verlieren würden, dass sie zu dem Zeitpunkt ebenfalls in der Mühle gewesen waren. Als niemand etwas sagte,

fragte er:
»Was ist passiert?«
Zum einen wollte er den Schein aufrechterhalten, und zum anderen diente diese Frage auch als Test. Er wollte wissen, ob der Officer ihnen die volle Wahrheit erzählen würde.
»Es gab einen Unfall. Ein älterer Herr ist über das Geländer einer Brüstung im oberen Teil in den Getreidetank gestürzt. Der Mann war sofort tot.«
War das die Version, die er aufgeschnappt hatte? Zum Teil stimmte ja das, was er erzählte. Allerdings hatte der Officer den wichtigsten und mysteriösesten Fakt außenvorgelassen. *Die ausgestochenen Augen.*
»Das ist ja furchtbar«, sagte Laura.
Jaxon war überrascht, wie gut der Zusammenhalt zwischen Maxwell, Laura und ihm in diesem Moment funktionierte. Wilson steuerte den Polizeiwagen nun von dem Kiesweg auf den Asphalt, und als der Untergrund unter ihnen ebener wurde, sagte er:
»Durchaus. Es gibt einen Weg, der von hinten direkt zur Mühle führt. Ich kenne die Umgebung hier genau... sie ist seit dreißig Jahren mein Revier.«
»So lange sind Sie schon im Dienst?«, fragte Maxwell, und selbst durch das Metallgitter und im schwachen Licht war ihm anzusehen, dass er erleichtert war, dass das Thema nun gewechselt worden war.
»Natürlich. Meine ersten Schritte im Berufsleben hatten direkt bei der Polizei begonnen, und ich werde diese Entscheidung niemals bereuen. Auch, wenn ich in den dreißig Jahren viele schlimme Dinge erlebt habe.«
Schweigen legte sich über die Gruppe, niemand wusste, was er

darauf antworten sollte. Die gelben Scheinwerfer des Wagens erhellten die dunkle Umgebung vor ihnen. Jaxon sah sich um. Sie fuhren über die asphaltierte Straße an der Rezeption vorbei, direkt neben ihnen streifte der leichte Wind durch das Maisfeld und ließ die hohen Pflanzen fast unheimlich hin und her wackeln. Wilson bog am Ende der Straße rechts ab und verließ somit das Gelände des *Camp Seaside*. Die Landstraße, die sich der Einfahrt des Campingplatzes anschloss, führte sie in einen kleinen Waldabschnitt. Es dauerte fünf Minuten, bis Wilson in einen Feldweg abbog, der direkt zur Mühle führte. Tiefer Schlamm zeugte von den Regenfällen der letzten Wochen, der Streifenwagen kämpfte sich jedoch mit Mühe dadurch. Wilson schlug ab und an aufs Lenkrad, für ihn schien es nicht schnell genug zu gehen. *Er denkt, es ist Gefahr im Vollzug.* Jaxon spürte ein unangenehmes Gefühl in sich aufkommen. *Ist Natalia wirklich in Gefahr?* Seine vermutlich gebrochene Rippe machte sich wieder bemerkbar – eine Tatsache, die er bisher in beiden Erzählungen verschwiegen hatte, weil er nicht hatte riskieren wollen, dass man ihn bei dem Einsatz außenvor lassen würde. Jeder Atemzug schmerzte, Laura schien das in diesem Moment zu bemerken und warf ihm einen fragenden Blick zu.
»Ich habe gerade nur einen Krampf«, log er.
»Es ist gleich wieder besser.«
Er war froh, dass sie sich dann wieder abwandte und nach vorne blickte. Officer Wilson stellte den Wagen direkt hinter der Mühle ab.
»Im Handschuhfach ist eine Taschenlampe«, sagte er zu Maxwell.
Selbiger öffnete daraufhin das Fach und nahm die Lampe heraus. Sie war zwar relativ klein, doch als er sie anknipste, leuch-

tete ein enorm helles, weißes Licht auf. Wilson stieg derweil als erster aus. Er nestelte an seinem Gürtel herum und hatte wenige Sekunden später seine Dienstwaffe, eine Sig Sauer, in der Hand.
»Haltet euch hinter mir und macht bitte erst einmal gar nichts. Ich gehe voraus.«
Maxwell leuchtete den Weg ab, während Wilson mit gezückter Waffe vorausging. Der Schatten, den die imposante Getreidemühle warf und das Geräusch, welches der Wind erzeugte, der durch das nahe Feld und die Baumkronen des Waldes wehte, ließ Jaxons Magen verkrampfen.

Natalia hatte einfach genug. Sie war sauer auf Jaxon und auch auf Laura, und hatte das Gefühl, dass sie sich alle gegen sie verschworen hatten. *Sind die denn vollkommen bescheuert?* Der Anblick der Metallkiste, die sie gemeinsam mit Jaxon aus dem Boden gehievt hatte, hatte den Glauben an den Schatz in ihr nochmal um ein Vielfaches bestärkt. Einerseits fühlte es sich nicht gut an, alleine zurück zur Mühle zu gehen, doch andererseits wusste sie, dass sie keine andere Wahl hatte. *Sie fallen mir in den Rücken. Laura ist sauer auf mich und Jaxon ist aufgrund seiner Verletzung ein Weichei.* Sie überlegte und ließ sich das, was eben in der Mühle geschehen war, nochmal durch den Kopf gehen. Sie hatte zwar wirklich fest mit dem Mahlstein zugeschlagen, doch je näher sie der Mühle kam, desto unwahrscheinlicher kam es ihr vor, dass der Mann mit dem schwarzen Umhang durch diesen Schlag wirklich zu Tode gekommen war. *Scheiße. Wie soll ich mich gegen den wehren können?* Umkehren kam jetzt jedoch nicht mehr in Frage, denn dann war es das nämlich. Es gab kein Zurück mehr, denn dann würde sie sich eingestehen müssen, dass sie auf dem Holzweg gewesen war.

Diese Dickköpfigkeit war seit Kindertagen eine schlechte Charaktereigenschaft von ihr, und es war mit den Jahren sogar eher noch schlimmer geworden. Sie schüttelte den Kopf. *Jaxon hat echt recht, ich bin manchmal furchtbar anstrengend.* Sie hatte bald wieder den kleinen Feldweg erreicht, der sie vom Gelände des Campingplatzes wegführte. Bevor sie den Weg antrat, nahm sie das brennende Licht im Rezeptionsgebäude noch zur Kenntnis. *Es ist tief in der Nacht. Da sollte doch eigentlich niemand mehr drin sein?* Neugier breitete sich in ihr aus, und da sie es nicht wirklich eilig hatte, ging sie auf das Gebäude zu. Als sie es erreicht hatte, konnte sie sehen, dass die Eingangstür offenstand. Aus dem Inneren waren Schritte zu hören, und kurz darauf war ein Mann zu sehen, der mit irgendjemandem telefonierte. Natalia duckte sich hinter den Türrahmen und versuchte, zu verstehen, was er sagte.

»Halten Sie mich bitte auf dem Laufenden, Officer. Es ist der zweite Polizeieinsatz des Tages, und langsam frage ich mich, was für eine Scheiße hier eigentlich vorgeht.«

Er beendete das Gespräch, und Natalia kroch einen Meter weiter nach vorne, um außer Sichtweite zu sein. *Der zweite Polizeieinsatz?* Irgendetwas schien passiert zu sein, und sie konnte sich überhaupt nicht erklären, was. *Es ist unmöglich, dass die Polizei bei der Mühle ist. Wir sind gerade erst gegangen, und so schnell wird dort kein Streifenwagen aufgetaucht sein. Selbst, wenn der Mann... sofern er denn tot ist... von jemandem entdeckt worden war, so würden die Bullen immer noch eine ganze Zeit brauchen, bis sie die Mühle erreicht hätten.* Natalia hielt nichts von Polizisten – seit sie vor vier Jahren mal eine kurze Beziehung mit einem über dreißig Jahre alten Cop gehabt hatte, hatte sie diese Einstellung. *Gott, was war Robert für ein egoistisches*

Arschloch gewesen. Unfassbar. Sie hatte ihm den Kopf verdreht, war jedoch nie mehr als die heimliche Affäre gewesen, die Robert neben seiner Ehefrau und seinen zwei Kindern geführt hatte. Sie musste süffisant grinsen, als sie an den Moment dachte, in dem sie in flagranti erwischt worden waren. Robert hatte Natalia vor seiner Frau aus dem Haus geworfen und beteuert, dass das alles ein riesiges Missverständnis gewesen war. Doch auch das hatte ihm nichts mehr gebracht, die Beziehung war zerstört gewesen und seine Frau hatte alles dafür getan, vor Gericht das alleinige Sorgerecht zu bekommen. Natalia wartete noch einen Moment ab, doch als schließlich nichts mehr im Haus geschah, schlug sie wieder den Weg zur Mühle ein. *Polizei.* Das Wort spukte ihr im Gehirn herum und saugte sich an ihren Gedankengängen fest. *Was ist passiert?* Sie bekam keine Ruhe, und der kühle Wind, der durch den Feldweg wehte, ließ sie frösteln. In diesem Moment dachte sie wieder daran, dass es vielleicht doch die bessere Idee gewesen wäre, gemeinsam mit Jaxon zur Zeltstelle zurückzukehren. *Er wird sich bestimmt auf den Weg machen. Gemeinsam mit Laura und Maxwell.* Sie fühlte sich, als wäre sie in einem dieser schlechten Slasher-Filme, die sie selbst nur zu gerne im Kino sah, gelandet. *Kino*, dachte sie. *Mein letzter Kinobesuch ist verdammt lange her. Was sicherlich auch daran liegt, dass Jax gar kein Fan von Horrorfilmen ist.* Sie hatte ihn einmal mitgenommen - das musste ungefähr ein Jahr her gewesen sein. *Nie wieder. Er hat mich vor Tiffany und Vanessa total blamiert.* Der Weg vor ihr wurde immer dichter, was bedeuten musste, dass sie ihr Ziel fast erreicht hatte. Sie erhöhte ihr Tempo und fing an, die letzten Meter zu laufen. Vollkommen aus der Puste hatte sie schließlich den bogenförmigen Durchgang, der ins Innere der Getreidemühle führte, erreicht. Sie lehnte sich an den Steinen an, keuchte, und bemerkte nun, dass überall in der Mühle schwaches Licht brannte. Das war bei ihrem letzten Besuch definitiv nicht der Fall gewesen - der einzige, beleuchtete Raum war der alte Fachwerkraum gewesen, dort, wo sie den Mann mit dem Mahlstein niedergestreckt hatte. *Er hat überlebt.* Die Erkenntnis fühlte sich an wie ein Schlag ins Gesicht. *Wer soll sonst das verdammte Licht angeschaltet haben?* Ihre Knie begannen zu zittern. *Ich muss zurück.* Gerade, als sie sich anschickte, ihren Plan zu vergessen und die Mühle wieder zu verlassen, vernahm sie ein leises Wimmern. Die Richtung des Geräusches hatte sie schnell ausgemacht - es war aus dem Fachwerkraum gekommen. Langsam schritt sie über die Bodendielen auf den Raum zu.

»Hallo?«

Die Stimme war schwach... und, soweit Natalia das einschätzen konnte, klang sie weiblich.

»Hilfe!«

Der Ton wurde flehender, und jetzt war es für sie klar, dass die Person, die sich in dem Raum befand, dringend auf Hilfe angewiesen war.

»Ich komme!«

Natalia trat durch den Türrahmen, sah sich um und entdeckte eine gefesselte Frau, die am Boden lag. Dicke Taue waren sowohl um ihre Hände als auch um ihre Füße gelegt, und als Natalia sich bückte und ihren Blick weiter schweifen ließ, entdeckte sie das Wagenrad. Der grausame Anblick des blonden Mannes, dem anstelle seiner Nase bloß noch ein blutiges Loch im Gesicht klaffte und dessen Gliedmaßen um die Speichen des Rades gebunden waren, nahm ihre volle Aufmerksamkeit in Beschlag.

Nur am Rande bekam sie mit, wie die Tür, die zurück in den Eingangsbereich führte, zufiel. Die gefesselte Frau neben ihr schrie laut auf, doch Natalia war zu geschockt, um das auch wahrzunehmen. Der Mahlstein, den der Wächter der Mühle, der in seiner vollen Pracht hinter ihnen stand, in seiner Hand trug, sauste hinab, und der harte Schlag, der beim Aufprall auf ihrer Schädeldecke entstand, ließ selbige aufplatzen.

Kapitel 16

»Ich brauche mehr Licht!«, wies Wilson Maxwell an, woraufhin dieser den hellen Lichtkegel der Taschenlampe nun wieder in die Richtung schwenkte, die vor ihnen lag.
Er hatte zuvor die Umgebung abgeleuchtet, und Jaxon war froh, dass er das getan hatte. Das Letzte, was er wollte, war, von einem oder mehreren Irren überrascht zu werden. Sie waren in der Mühle zwar nur auf einen Mann getroffen, der wahrscheinlich nun schwer verletzt oder sogar tot war, aber das hatte ja noch lange nicht zu bedeuten, dass er auch der einzige war. Plötzlich war ein Schrei zu hören – der Ursprung war schnell ausgemacht, und so rannten Wilson, Maxwell, Laura und Jaxon auf die Mühle zu. Jeder Schritt und jeder Atemzug war eine Qual, und Jaxon spürte, wie seine lädierte Rippe dafür sorgte, dass ihm die Sinne schwanden. Er keuchte und konnte das Tempo der anderen nicht mithalten – das war jedoch egal, er wusste ja, in welche Richtung sie liefen und wo das Ziel lag. Ein dunkler Schatten trat aus dem beleuchteten Inneren, und erst in diesem Moment fiel Jaxon auf, dass das Licht in der Mühle angeschaltet worden war. Dieser Umstand ließ seinen Magen noch weiter verkrampfen.
»Sie... ist tot!«
Eine Frauenstimme war zu hören. Für einen Moment glaubte Jaxon, dass es sich dabei um Natalia handelte, dann jedoch wurde ihm klar, dass ihre Stimme ganz anders klang. *Sie ist tot.*
»Beruhigen Sie sich!«
Die Frau, die aus dem Inneren der Mühle gestürmt war, hatte Officer Wilson fast umgerannt. Es gelang ihm nur unter großer Anstrengung, sie abzufangen und selbst auf den Beinen zu blei-

ben.
»Sie ist tot!«
Die Frau schien unter Schock zu stehen. Ihre Hände waren gefesselt, das konnte Jaxon jetzt sehen, da sie nähergekommen war. Er hatte die anderen nun erreicht und wagte einen zögerlichen Blick durch den Durchgang ins Innere der Mühle. Er erkannte direkt, dass etwas anders war als zuvor. Die Tür zum Fachwerkraum hing nur noch halb im Rahmen, und direkt dahinter war eine dunkle Pfütze zu sehen. Jaxon wollte sich gerade seinen Weg durch die Masse hindurch bahnen, als ihn der Officer zurückhielt.
»Halt! Sie dürfen da nicht rein. Es handelt sich hier um einen Tatort.«
Er zückte seine Waffe und richtete sie in die Richtung des Fachwerkraumes.
»Polizei! Kommen Sie mit erhobenen Händen raus.«
»Er ist weg!«, schluchzte die Frau.
Während Officer Wilson ihr aus den Fesseln half, fing sie sich langsam. Sie begann zu erzählen, doch während sie das tat, wurde ihre Stimme immer schwächer.
»Die Frau wollte mir helfen. Sie hat mir gerade die Fußfesseln abgebunden, als dieser Mann durch die Tür kam. Er hat Sebastian das angetan.«
Jaxon verstand ihre Worte nicht. Was ihm jedoch klar wurde, war, dass etwas schiefgelaufen war.
»Natalia«, murmelte Maxwell, der das Wort übernommen hatte.
»Was ist mit ihr passiert? Und wer ist Sebastian?«
Während der Officer ein paar Schritte vorausgegangen war und die Umgebung absicherte, stellte Maxwell die Fragen. *Er wäre ein guter Polizist*, dachte Jaxon. *Während ich in absolut nicht*

in der Lage bin, die Situation zu begreifen, geht er schon einen Schritt weiter und stellt die richtigen Fragen.
»Dieser Mann… diese Gestalt… oder was auch immer sich da als Wächter der Mühle ausgibt… er hat uns eingesperrt. Und vor etwa einer halben Stunde… hat er uns freigelassen. Mich hat er bloß gefesselt, aber Sebastian hat er an dieses alte Wagenrad gebunden und ihm alle Knochen gebrochen.«
Sie konnte nicht weitersprechen, woraufhin Laura einen Meter näher an sie heranrückte und ihr einen Arm um die Schultern legte.
»Das ergibt alles einen Sinn«, murmelte Maxwell.
»Gary wurden die Augen ausgestochen, nachdem er in das Getreidesilo gestürzt war. Es scheint so, als hätten wir es hier mit etwas zu tun, was sich nicht so einfach besiegen lässt.«
Officer Wilson, der die Umgebung gründlich abgesichert und scheinbar nebenbei auch noch gut zugehört hatte, drehte sich um. Er setzte einen fragenden Blick auf und meinte:
»Woher wisst ihr da so genau drüber Bescheid?«
»Wir waren heute Nachmittag auch vor Ort«, gestand Maxwell. Jaxon nickte. Nun war es egal, ob der Officer Wind von der Aktion bekommen würde - sie waren bereits am Ort des Geschehens und würden sich nicht so schnell von dort vertreiben lassen.
»Das rückt die Sachlage in ein ganz anderes Licht.«
Wilsons Stimme klang scharf. Er entsicherte die Waffe und richtete sie zunächst auf den Boden.
»Gibt es noch etwas, was ihr mir nicht erzählt habt? Nur raus damit.«
Er klang nun ganz wie der erfahrene Cop, der solche Situation schon sein gesamtes Leben lang durchgemacht hatte. Jaxon

nutzte die Gelegenheit, schob sich am Mann vorbei und schritt auf den Fachwerkraum zu.

»Hände hoch!«

Er spürte förmlich die Waffe und den stechenden Blick des Officers in seinem Rücken. Er seufzte auf, hob dann jedoch wie befohlen die Hände.

»Wir haben nichts getan«, verteidigte Maxwell die Gruppe.

»Wir sind erst relativ spät am Nachmittag eingetroffen. Aber die Tatsache mit den ausgestochenen Augen ist uns sofort aufgefallen. Wer hätte das wohl auch übersehen können.«

Er legte eine kurze Pause ein.

»Andere Sache, Officer. Warum haben Sie uns vorhin nur die halbe Wahrheit erzählt?«

Maxwell versuchte, den Spieß umzudrehen, doch der Officer schien den Braten gerochen zu haben. Sein Gesicht verfinsterte sich auf bedenkliche Weise, und der Blick, den er dazu trug, war alles andere als freundlich.

»Ihr seid Außenstehende, und ich muss euch ja wohl nicht in die Einzelheiten eines aktenkundigen Falles einweihen. Was denkt ihr, wer ihr seid?«

Er hielt die Waffe weiterhin auf Jaxon gerichtet, doch dieser wusste, dass er nicht abdrücken würde. *Es besteht kein Grund dazu*, dachte er. Und er behielt tatsächlich recht, wenige Sekunden später hatte der Officer die Waffe wieder gesenkt. Jaxon nutzte dies aus, um im angrenzenden Raum zu verschwinden. Und das, was er dort sehen musste, war so furchtbar, dass er spürte, wie ihn der Schmerz in seiner Rippengegend übermannte und dafür sorgte, dass ihm schwarz vor Augen wurde. Er musste sich setzen und schloss die Augen, um diesen furchtbaren Anblick irgendwie loszuwerden. Das einzig normale in

dem Raum war die Metallkiste, die er gemeinsam mit Natalia an die Oberfläche gehievt hatte. *Natalia.* Der Gedanke an sie machte ihn unfassbar traurig, und die Vorwürfe, die in seinem Kopf herumgeisterten, waren kaum auszuhalten. Er spürte eine Hand auf seiner Schulter, sie gehörte Maxwell. Der Officer begutachtete derweil den leblos wirkenden Körper, der an dem Wagenrad festgebunden war.
»Er hat noch Puls!«
Officer Wilson drehte sich um. Der Schweiß floss in Strömen über seinen Körper, und an seinem Gesicht konnte Jaxon ablesen, dass dieser Anblick selbst für ihn als erfahrenen Polizisten schwer zu ertragen war.
»Mein Funkgerät…«
Er tastete an seiner Uniform herum, bis ihm auffiel, dass er es nicht bei sich trug.
»Scheiße! Es ist im Auto.«
Er sagte einen Moment lang nichts, schien genau abzuwiegen, was jetzt die richtige Entscheidung sein würde. Dann tat er etwas, was selbst Jaxon, der noch immer am Boden saß und sich der Situation langsam bewusst wurde, überraschte.
»Nehmen Sie meine Waffe.«
Er reichte Maxwell die entsicherte Sig Sauer. Dieser wusste erst nicht, wie er die Situation einschätzen sollte, und zog eine Augenbraue hoch.
»Haben Sie einen Plan?«
»Ich muss nur kurz zum Wagen und Hilfe per Funk anfordern. Hier scheint sich noch jemand aufzuhalten… zögern Sie nicht, zu schießen. Wir haben es mit einem Psychopathen zu tun, der bereits zwei Leben auf dem Gewissen hat.«
Jaxon richtete seinen Blick wieder zu Natalia und strich ihr die

Haare vom Kopf. Direkt oberhalb war die Schädeldecke aufgeplatzt, der Mann musste also eine enorme Kraft aufgewendet haben, um ihr Leben mit dem Mahlstein zu beenden. Sie war mit aufgerissenen Augen gestorben - er wusste nicht, warum er das tat, aber er schloss ihre Lider und brach danach in Tränen aus. Laura hatte der Frau mittlerweile aus ihren Fesseln geholfen, und so saßen sie nun zu viert auf dem Boden des Fachwerkraumes und warteten, bis der Officer sein Funkgerät geholt haben würde. Die Waffe, die Maxwell fast verkrampft in seiner Hand trug, gab ihnen die notwendige Sicherheit.

»Wie heißt du eigentlich?«

Laura vertrieb die unangenehme Stille, indem sie ihre Worte an die unbekannte Frau richtete, die sie aus ihrer Lage befreit hatten.

»Ich bin Brenda«, antwortete sie mit zitternder Stimme.

»Ich… oh mein Gott… ich habe auf dem Campingplatz in der kleinen Kneipe gearbeitet.«

»Verdammt«, murmelte Maxwell.

»Jetzt erkenne ich dich auch wieder. Wir haben doch vorhin bei dir etwas getrunken.«

»Stimmt«, murmelte sie.

»Entschuldigt bitte, ich bin schlecht im Gesichter merken. Ich… ich war mit Sebastian hier. Er arbeitet an der Rezeption. Wir waren in einer Zelle eingesperrt… und dann hat *er* uns rausgeführt. Nachdem er Sebastian dann an das Rad gebunden hat, hat er ihm seine Arme und Beine gebrochen.«

»Es ist ein Wunder, dass er noch lebt«, murmelte Maxwell.

»Der Mann scheint auf mittelalterliche Folter zu stehen.«

»Wie kommst du denn darauf?«, fragte Laura schockiert.

»Nun… Geschichtsunterricht. Das ist mir irgendwie im Kopf

hängengeblieben. Die Prozedur nennt sich Rädern. Das Opfer wird an die Speichen eines Wagenrades gebunden, bevor ihm alle Gliedmaßen gebrochen werden. Das mit der Nase ist mir allerdings neu.«
»Das mit der Nase ist davor passiert. Der Mann hat sie ihm mit der Sichel abgeschlagen.«
Stille legte sich wieder über die Gruppe, jeder musste das verdauen, was Brenda erzählt hatte. Plötzlich war von draußen ein Geräusch zu hören, welches Jaxon stutzig stimmte. Der Motor des Polizeiwagens war gestartet worden.

Officer Wilson fühlte sich nicht wohl dabei, seine Dienstwaffe an eine der Personen abzugeben, die ihn begleitet hatten. Im selben Atemzug wusste er jedoch, dass er keine andere Wahl gehabt hatte. Er ging davon aus, dass sich der Mann, der das furchtbare Massaker in dem Fachwerkraum angerichtet hatte, noch immer in der Mühle befand. Auf dem kurzen Weg zum Einsatzwagen rechnete er mit keiner Gefahr – er hatte bloß vor, das Funkgerät zu holen und Verstärkung anzufordern, danach würde er wieder zurück in die Mühle gehen und die Waffe an sich nehmen. Der Mann, der während der Fahrt auf dem Beifahrersitz Platz genommen und sich bei der Befragung zuvor als Maxwell Johnson vorgestellt hatte, hatte vernünftig genug auf ihn gewirkt, um die Verantwortung für diesen kurzen Moment zu übernehmen. Er entfernte sich von der Mühle, und merkte erst jetzt, dass Maxwell auch noch die Taschenlampe bei sich trug. Der Weg zum Auto war zwar nicht wirklich weit, doch da er ein bisschen über Stock und Stein in den Waldabschnitt führte, musste er versuchen, sich blindlings in der Dunkelheit zurechtzufinden. Er stolperte über einen herausragenden Ast und fluchte laut auf, als er sich das Schienbein durch den Stoff seiner Uniform aufschürfte. Heute war ein verdammt merkwürdiger Tag, der ihm noch lange in Erinnerung bleiben würde. Als er den Wagen schließlich sehen konnte, zog er eine Augenbraue hoch. Die Scheinwerfer leuchteten die Umgebung ab, und er sah eine schwarze Gestalt auf dem Fahrersitz sitzen. Fast schon automatisch griff er an seinen Gürtel – nur um herauszufinden, dass er seine Waffe ja nicht bei sich trug. *Verdammte Drecksscheiße.* Der Motor wurde gestartet, und gefährlich langsam rollte das Fahrzeug in seine Richtung. Wilson drehte sich um, das Risiko, von dem Wagen erwischt zu werden, war einfach zu groß. Er lief zurück in Richtung der Mühle, doch das Motorgeräusch wurde nicht leiser, ganz im Gegenteil. Der Mann hatte die Verfolgung aufgenommen, Äste schlugen gegen das Blech des Polizeiwagens und hinterließen tiefe Dellen. Im gelben Lichtkegel der Scheinwerfer konnte Wilson besser sehen, und kam so auch schneller voran. Er lief so schnell es sein Zustand zuließ, doch der Wagen kam ihm immer näher. Kurz, bevor er den Durchgang ins Innere erreicht hatte, erfasste ihn der Wagen. Er flog mehrere Meter durch die Luft, und sein Fall wurde erst gebremst, als er brutal gegen die gegenüberliegende Wand schlug.

Jaxon sah den Körper des Officers durch den Raum fliegen. Es geschah so schnell, dass er rein gar nichts dagegen tun konnte. Die Schädeldecke platzte bei dem harten Aufprall auf, und eine Mischung aus Blut und Hirnmasse sickerte auf die Bodendielen. Die Fahrertür des Polizeiwagens wurde geöffnet, und schlurfende Schritte kamen der Mühle immer näher.
»Die Waffe!«, schrie Jaxon Maxwell entgegen.

»Der Mann kommt!«
Im nächsten Augenblick geschahen mehrere Dinge gleichzeitig. Bevor der Wächter der Mühle in sein Reich eintreten konnte, erschien ein anderer Mann im Rahmen des Bogenganges. Jaxon erkannte ihn sofort wieder... es handelte sich um Ben-Carl-James oder Franky, je nachdem, welche Persönlichkeit der Schizophrene gerade angenommen hatte. Er trug eine verrostete Eisenstange in der Hand und wirkte tief entschlossen.

17

Kann man den Tod wirklich töten? Diese Frage ging Ben-Carl-James durch den Kopf, als er langsam über den gepflasterten Weg, der sich direkt neben dem Waschhaus befand, in Richtung der Zeltwiese schritt. Er entfernte sich so von dem Ort, an dem Franky ein wahres Massaker begangen hatte. B.C.J. kannte die Beweggründe von Franky nicht, doch der Mann, der leblos und komplett ausgeblutet auf der Toilette gesessen hatte, schien es nicht anders verdient zu haben. Wenn Franky eines nicht tat, dann war das Morden ohne einen triftigen Grund. Für Franky hatte jede Tat immer Hand und Fuß. Er wusste nicht, wo er nun hinsollte – das Einzige, was er wusste, war, dass er sich in der Dunkelheit halten musste. Außerhalb der gelben Lichtkegel der Laternen war er nahezu unsichtbar, und ehe irgendjemand von Frankys grausamer Tat Wind bekommen würde, wäre B.C.J. schon längst über alle Berge. Er hatte sich nun so weit von dem Waschhaus entfernt, dass er es nicht mehr sehen konnte. Die frische Luft sorgte dafür, dass er wieder klarer im Kopf wurde. Der Wind frischte seine Gedanken auf, und es fühlte sich an, als wäre er gerade neu geboren. Nichts war schöner als die Nachtluft, denn sie barg, gleich der Dunkelheit, jede Menge Geheimnisse. Man musste nur an den richtigen Stellen suchen. Die kleine Kneipe des *Camp Seaside* schien B.C.J. nun die richtige Anlaufstelle zu sein. Die Hütte wirkte einladend, die Tür war geschlossen, doch im Inneren brannte Licht. Er fuhr sich durch die fettigen Haare, die ihm am Kopf klebten. Er musste einen wahrhaft unheimlichen Anblick abgeben, und hoffte, dass man ihn trotzdem willkommen heißen und einen Drink anbieten würde. Verhielten sich Menschen abweisend oder einfach nur eklig ihm gegenüber, wurde er so wütend, dass Franky zum Vorschein kam. Und wenn dieser Punkt erst einmal erreicht war, dann würde der Mensch, der ihn so erzürnt hatte, nur noch wenige Augenblicke zu leben haben. B.C.J. war froh, mit Franky eine starke Hand an seiner Seite zu wissen. Franky verlieh ihm die Ecken und Kanten seiner ansonsten langweiligen Persönlichkeit – er war Obdachloser, und das durch und durch. Das Leben auf der Straße hatte ihn in letzter Zeit zermürbt, da war es ihm im Wald doch deutlich lieber gewesen. Allerdings konnte er im Wald kein Geld verdienen – weshalb er sich es einfach nicht leisten konnte, seine Zeit zwischen Bäumen und Büschen auf dem weichen Moosboden zu verbringen. Die Tür der kleinen Kneipe ließ sich nur schwer aufstoßen, sie erzeugte ein lautes Quietschen, als er sie über den Boden schob. Kurz hinter der Tür begann auch schon der Tresen, er zog sich einen Barhocker zurück und setzte sich. Er konnte den abschätzigen Blick der Frau, die sich wie eine Prostituierte angezogen hatte und aufreizendes Make-Up trug, durch das Klatschmagazin, welches sie wie eine Mauer vor ihrer Nase hielt, sofort spüren.

Sie war genauso gewesen, wie B.C.J. sich das gedacht hatte. Und genau deshalb war Franky an die Oberseite gekommen und hatte, wie schon im Waschhaus, sein Messer in die Hand genommen und der Situation seine persönliche Note verliehen. Er riss der bereits toten Frau den Skalp, den er freigelegt hatte, vom Kopf, was dafür sorgte, dass sie noch mehr blutete. Franky verpasste ihr einen harten Tritt, und er wiederholte die Prozedur so lange, bis ihr Kopf nur noch eine undefinierbare, braune Masse war. Als er die kleine Kneipe wieder verließ und die frische Luft in seinen Kopf drang, wurde er klarer im Kopf. Das laute Krächzen einer Krähe, die sich im Maisfeld niedergelassen hatte, brachte seine friedfertige Persönlichkeit wieder an die Oberfläche. Und mit ebendieser Persönlichkeit kam dann auch wieder der Grund hervor, weshalb er überhaupt hier war und wo er hinmusste. Die imposante Mühle war in der Ferne nur als dunkler Schatten zu erkennen, und um zu ihr zu gelangen, musste B.C.J. über den Feldweg laufen. Die Mühle würde allerdings nicht sein erster Anlaufpunkt sein - vorher musste er in das kleine Landhaus, welches etwa eine Meile entfernt auf einem Bauernhof lag. Er hatte sich die letzten Jahre mit der Geschichte vom Wächter der Mühle befasst, der in Gestalt des Todes alle einhundert Jahre in Erscheinung trat und mordete. Die Legende der Mühle hatte er in einem Buch in ebendiesem Landhaus gefunden, zu dem er sich jetzt aufmachte. Bei seinem letzten Besuch vor etwa einer Woche - damals war der Wächter der Mühle noch nicht wieder aufgetaucht, doch die Anzeichen hatten sich verdichtet, dass seine einhundertjährige Abstinenz bald beendet sein würde - war er auf den Bewohner des Landhauses gestoßen. Es hatte sich um den achtzigjährigen Carlos Ibañez gehandelt, einen Mann, der damals an der Front im zweiten Weltkrieg auf spanischem Boden gekämpft hatte. Franky hatte ihn ermordet und an seine Schweine verfüttert, der Mann hatte keine Angehörigen mehr gehabt, und so gab es auch niemanden, der ihn vermisste. Eine Möglichkeit wäre natürlich gewesen, in dem Haus weiterzuleben - doch für B.C.J. kam es nicht in Frage, aus einer Sache einen Nutzen zu ziehen, die Franky angerichtet hatte. Er hatte das große Haus nur ab und an aufgesucht, um sich das Buch anzusehen, welches Carlos auf dem Dachboden aufbewahrt hatte. Die Geschichte vom Wächter der Mühle besagte, dass der Mann, der in Gestalt des Todes in Erscheinung trat, nur auf einem einzigen Weg getötet werden konnte. Keine Kugeln und kein Messer der Welt waren dafür geeignet, sein Leben zu beenden. Aber war das überhaupt ein Leben? B.C.J. schüttelte den Kopf, während er die Straße entlangschritt, die vom Gelände des *Camp Seaside* herunter, am Feldweg vorbei in das kleine Waldstück führte, welches sich der Mühle anschloss. Es waren nun noch etwa zwanzig Minuten Fußweg, doch die vergingen schneller, als B.C.J. gedacht hatte. Er musste so, wie er durch den Wald schlenderte, einen furchtbaren Anblick abgeben. Voll mit Blut, verschwitzt und einfach grässlich. Er passierte nun den Holzzaun, der ein quadratisches Gelände umgab - den Außenstall. Im Schweinetrog befand sich noch genug Futter, er hatte das Behältnis gerade erst gestern aufgefüllt, nachdem sich die sterblichen Überreste des alten Mannes bloß noch ausgeschieden auf dem Matschboden befanden. Es roch nach Schweinekot, doch das war nun mal der Duft der Landluft - ein weiterer Grund, weshalb es B.C.J. in den großen Städten besser gefiel. Er rümpfte die Nase und stapfte über den Boden, in dem er mit jedem Schritt tiefer im Schlamm versank, auf das alte Landhaus zu. Direkt vor der Tür führten zwei Stufen auf einen kleinen Absatz, und die Tür, die verschlossen war, wurde von einem Türklopfer aus Messing verziert, auf dem der Kopf eines Drachen zu sehen war. B.C.J. kramte den Schlüssel hervor, den er in seiner rechten Hosentasche trug, steckte ihn in das Schloss, und drehte ihn herum. Das funktionierte nur mit etwas mehr Gewalt als normal, das Schloss war schon so alt, dass es recht schwergängig geworden war und dringend mal erneut werden musste. B.C.J. war das allerdings relativ egal, er nutzte das Haus nur, um sich den Eisenstab zu holen, der in einer Vitrine im Keller versteckt war. Carlos hatte ihm kurz vor seinem gewaltsamen Ableben erzählt, dass es nur mithilfe des Eisenstabes gelingen würde, den Wächter ins Jenseits zu schicken. Während B.C.J. über die alten, verstaubten Hartholzbodendielen schritt und auf den Keller zuging, schwebten ihm viele verschiedene Gedanken durch den Kopf, die er zu sortieren versuchte. Es gelang ihm nicht, woraufhin er seine Konzentration nur noch auf das lenkte, was er nun tun musste. Im Keller befand sich ein altes Keramikwaschbecken, er drehte den Hahn, der nur noch tröpfchenweise Wasser ausspuckte, auf die volle Stufe und klatschte sich eine Ladung kaltes Wasser ins Gesicht. So langsam kehrte die Kraft in seinen Körper zurück, es war, als hätte er sich selbst einen Neustart verpasst. Er war zu allem, was ihm bevorstand, bereit. Der kleine Abstellraum, hinter dem sich, von einem braunen Stoffvorhang verborgen, die besagte Vitrine befand, lag im Halbdunkel. B.C.J. betätigte den Lichtschalter, der nur noch halb im Rahmen hing. Eine paar Sekunden später flackerte die antike Deckenlampe auf und verteilte ein schwaches, gelbes Licht im Raum. B.C.J. riss den Stoffvorhang auf und drehte den Knauf, der die Vitrine öffnete. Er wusste nicht, was diesen alten Eisenstab so besonders machte – auch in dem Buch, in dem die Legende des Wächters der Mühle niedergeschrieben war, war er nicht fündig geworden. Er hatte keine Beweise dafür – nur das Wort eines alten Kriegsveteranen. In diesem Moment überlegte er, ob es nicht vielleicht doch die falsche Entscheidung gewesen war, diesen Weg zu gehen. *Ich muss es einfach versuchen. Was für eine Wahl bleibt mir?* Das kalte Metall fühlte sich gut in seiner Hand an, er trat einen Schritt zurück und verließ den Kellerraum wieder. Die Treppen führten ihn zurück ins Erdgeschoss des Landhauses, und von dort aus konnte er wieder nach draußen treten. Normalerweise hätte er sich noch auf der Couch niedergelassen und die himmlische Ruhe genossen, die das alte Haus verströmte. Doch was war heute schon normal? Er musste sich beeilen, ehe die Gestalt das Massaker in der Mühle noch weiterführen konnte. Laufen konnte er nicht, da ihm seine Knie immer wieder in regelmäßigen Abständen Probleme bereiteten. Deshalb beließ er es beim Gehen, hielt die Eisenstange fest mit seinen Fingern umklammert und stapfte durch den matschigen Untergrund am Schweinestall vorbei in den Wald. Er brauchte länger als auf dem Hinweg, die Eisenstange war doch schwerer, als er gedacht hatte. Als er sein Ziel schon fast erreicht hatte, fiel ihm ein, dass er das Wichtigste vergessen hatte. *Verdammt.* Er hatte in dem Landhaus einen Abstecher auf den Dachboden machen und das Buch holen wollen. Dass er das nicht getan hatte, ärgerte ihn so sehr, dass er sich am liebsten dafür mit Anlauf selbst ins Gesicht geschlagen hätte. *Verdammt. Ich verliere wichtige Zeit.* Er hatte wieder einmal auf ganzer Linie versagt, und obwohl er der Mühle jetzt schon so nah war, dass er sie bereits vor sich erahnen konnte, kehrte er um und ging zurück zu dem Bauernhaus. Dort angekommen musste er erst einmal den Flur durchqueren und an der Kellertür vorbei. Um die schwere Eisenstange nicht die gesamte Zeit über mit durch das Haus zu schleppen, lehnte er sie an die Tür und atmete tief durch. Seine Schulter schmerzte, er versuchte jedoch, das zu ignorieren und sich stattdessen darauf zu besinnen, möglichst akribisch vorzugehen und wenig Zeit zu verlieren. Direkt neben dem Wohnzimmer gab es an der Decke eine alte, weiß gestrichene Luke, die sich gut von dem ansonsten eher dunkel gehaltenen Anstrich des Hauses abhob. Zunächst musste B.C.J. aber wieder durch die Hintertür nach draußen, denn dort stand es einen kleinen Werkzeugschuppen, in dem sich eine Leiter befand. Diese würde er brauchen, um an die Luke zu kommen - und während er die altmodische Holzleiter, die sehr wacklig aussah und dessen oberste Sprosse bereits fehlte, ins Haus schleppte, fragte er sich, warum Carlos es sich so umständlich gemacht hatte. *Vielleicht wollte er diese alte Leiter einfach nicht im Haus haben.* An der Inneneinrichtung des Bauernhauses war zu sehen, dass der Mann viel Wert auf das antike Aussehen gelegt hatte. *Das bringt dir jetzt auch nichts mehr.* Dieser Gedanke löste nichts in B.C.J. aus, er hatte nichts mit dem zu tun, was Franky angerichtet hatte - auch, wenn er das niemandem erzählen konnte. Eigentlich wäre eine Therapie für ihn das Richtige, doch in den lichten Momenten, die er hatte, wurde ihm bewusst, dass es für ihn kein Zurück mehr gab. Vermutlich würde ihn jeder einzelne Psychiater direkt in eine geschlossene stecken, und das war es ihm dann doch nicht wert. Während er die einzelnen Stufen der alten Holzleiter nach und nach erklomm und spürte, wie sie bedrohlich unter seinen Füßen wackelte, dachte er über die einzelnen Bestandteile seines bisherigen Lebens nach. An der weißen Luke prangte ein kleiner Haken, den er bloß ziehen musste, um sie zu öffnen. Ein lautes Quietschen und jede Menge herabrieselnder Staub folgten. B.C.J. hustete, als der Staub in seinen Mund eindrang. Oben war es dunkel, weshalb er blind nach dem Lichtschalter tasten musste, den er jedoch nach wenigen Sekunden an der Wand gefunden hatte. Dachgiebel zogen sich durch die Fassade, und es war nur so wenig Platz, dass B.C.J., obwohl er nicht mal über einen Meter achtzig groß war, mit eingezogenem Kopf gehen musste. Dicke Spinnennetze liefen an der Decke entlang, und jeder einzelne Schritt, den er tat, wirbelte noch mehr Staub auf. Er zog sich sein verschwitztes T-Shirt über die Nase und versuchte so, durch den Stoff den Staub nicht direkt einzuatmen. Auch, wenn das Haus zugegebenermaßen seinen Charme hatte - der Dachboden war für ihn unter aller Sau. Es stank nach alten Dingen, vermodertem Holz, und ja, ein bisschen auch nach Verwesung. Es mochte durchaus sein, dass die eine oder andere Ratte über die Jahre zu Tode gekommen war und der Prozess des Verwesens hier oben eingesetzt hatte. Der Geruch… ja, die Umgebung ließ Franky wieder an der Oberfläche kratzen. So war es schon immer gewesen, bei allem, was mit dem Tod oder Blut in Zusammenhang gestanden hatte, war der bösartige, widerwärtige Teil seiner Persönlichkeit ans Licht gekommen. Er konnte dieses Mal jedoch gegenankämpfen - Franky würde ihm bei seiner Mission, das Buch, in dem die Geschichte des Wächters der Mühle niedergeschrieben war, zu finden, nicht behilflich sein können. An der gegenüberliegenden Wand befand sich eine Schräge, an der das Dach etwas höher war als auf dem restlichen Dachboden. Mehrere alte Metallkisten waren dort gestapelt, ein Großteil des Materials war bereits vollkommen durchgerostet. Sie waren mit einem Zahlenschloss gesichert, ein Umstand, der B.C.J. schon etwas verwunderte. *Alles ist auf antik und alt gemacht, aber auf dem alten, verstaubten Dachboden befinden sich Metallkisten, die mit neumodischen Zahlenschlössern gesichert sind?* Das passte überhaupt nicht zusammen - zudem sahen die Schlösser noch relativ neu und unbenutzt aus. Er probierte mehrere Zahlenkombinationen aus, angefangen mit *000*, was aber natürlich nicht funktionierte. Es hätte ihn auch arg gewundert, wenn der alte Mann sich die Mühe gemacht hätte, die Kisten mit einem Schloss zu sichern, um dann die Einfachste aller Kombinationen zu nehmen, um es knacken zu können. Plötzlich kam ihm eine Idee. *Es sind so viele Kisten... und wenn dort wirklich etwas drin ist, was man besser verbergen sollte, dann wird jede einzelne Kiste einen eigenen, individuellen Code haben. Es sind fünf Kombinationen... so viele wird er sich doch niemals merken können. Er muss sie irgendwo aufgeschrieben haben.* Dann erinnerte er sich wage daran, dass der alte Mann ihm in seinem Wohnzimmer von der Büchersammlung erzählt hatte. Gott sei Dank war sein Gedächtnis schon immer gut gewesen - es hatte sich um Bücher gehandelt, die Carlos sehr am Herzen gelegen und ihn durch sein Leben begleitet hatten. *Verdammt, da würde sich dann doch auch ein persönliches Buch anbieten, vielleicht eine Art Tagebuch?* B.C.J. ärgerte sich darüber, dass er jetzt noch mehr Zeit verlieren würde, konnte an dem Umstand jedoch nichts ändern.

Etwa eine halbe Stunde später hatte er das entdeckt, wonach er gesucht hatte - ein abgegriffenes Notizbuch mit einem braunen Einband. Es hatte etwas länger gedauert, bis er überhaupt den Schrank gefunden hatte. In der Hinsicht hatte Carlos recht gehabt, das Möbelstück war nur schwer einsehbar in einer Nische im Keller gewesen, die wieder von einem braunen Vorhang verdeckt worden war. B.C.J. fragte sich, ob es in dem alten Landhaus noch mehr verborgene Ecken gab, hinter denen er Dinge finden würde, von denen er überrascht sein würde. Ziemlich mittig im Buch befanden sich die beschriebenen Zahlenkombinationen. *382, 409, 588, 666* und *741*. Die vorletzte erregte dabei seine größte Aufmerksamkeit. *666, die Zahl des Teufels.* Die Zahnräder in seinem Kopf begannen langsam zu rattern, und er ging, mit dem Notizbuch in der Hand, wieder ins Erdgeschoss. Von dort aus stieg er die Leitersprossen auf den

Dachboden hinauf, und spürte, wie sich seine lädierten Knie bemerkbar machten. Damit musste er jetzt jedoch erst einmal klarkommen, der Weg, den er heute noch zu gehen hatte, war kein kurzer. Nach fünf Minuten hatte er die Kiste gefunden, bei der sich das Zahlenschloss mithilfe der 666 lösen ließ. Er schob den Bügel zu Seite, entfernte den Schließkörper und öffnete die Klappe. Zunächst konnte er dort nichts Interessantes entdecken, doch als er etwas tiefer hineingriff und mehrere Seidentücher zur Seite packte, fand er das Buch. Erleichtert nahm er es an sich und verließ das Haus wieder durch die Vordertür. Bevor er sich mit Buch und Eisenstange in der Hand auf den Weg zur Mühle machte, öffnete er die Pforte zum Schweinestall. Er hatte nicht vor, nach dem heutigen Abend zurückzukehren, und hoffte, dass die Tiere im Wald verschwinden und dort ein friedliches Leben leben würden.

18

Die Gestalt im schwarzen Mantel wirkte überrascht. Sie drehte sich um, woraufhin der Umhang über den Boden fegte und eine heftige Staubwolke aufwirbelte. Jaxon griff nach der Schusswaffe des toten Officers und richtete sie auf die Gestalt. Als diese sich nach vorne stürzte und Maxwell zu Boden riss, feuerte er ohne zu zögern drei Kugeln ab. Sie durchdrangen den Leib der Gestalt, konnten ihr jedoch nichts anhaben. Unbeirrt stand der Mann auf und wich einen Schritt von B.C.J. zurück. Seine gesamte Aufmerksamkeit war auf die verrostete Eisenstange, die der Obdachlose in der Hand trug, gerichtet. Selbiger hatte das Buch, welches er in der anderen Hand gehalten hatte, abgelegt und sich nur noch darauf konzentriert, der unheimlichen Gestalt näher zu kommen. Jaxon, Maxwell und Laura beobachteten das Geschehen aus sicherer Entfernung. Jaxon zitterte am gesamten Körper, hatte seine Finger jedoch noch immer um den Griff der Waffe verkrampft – für den Fall der Fälle. Im nächsten Moment schlug B.C.J. das erste Mal mit der Eisenstange zu, und er schaffte es direkt, den Mann niederzustrecken. Jaxon wusste nicht, was dort gerade passierte, doch es schien so, als könne das alte Metall den Mann verwunden – die Kugeln hingegen nicht. All das sorgte dafür, dass ihm die Situation immer surrealer vorkam. Die Gestalt wehrte sich und stieß B.C.J. mit einer solchen Kraft von sich, dass dieser das Gleichgewicht verlor und auf den Boden fiel. Die Eisenstange blieb jedoch in der Brust stecken, was dafür sorgte, dass der Mann zusammensackte und auf den Knien landete. Er spuckte einen gewaltigen Schwall Blut auf den Boden. Jaxon ging ein paar Schritte auf

den Mann zu, und versenkte die Eisenstange noch tiefer im Brustkorb. Ein lauter Schrei entwich dem Körper, der jetzt nur noch reglos am Boden lag. Während Maxwell sich um B.C.J. kümmerte, der sich verletzt zu haben schien, blieben Jaxon und Laura vor dem toten Mann stehen.
»Verdammt.«
B.C.J. stöhnte auf.
»Ist er tot?«, fragte Maxwell aus der Ferne.
»Ja.«
Jaxon beugte sich herunter und zog die verrostete Eisenstange mit einem Ruck heraus. Blut sickerte aus der Gestalt heraus, doch es war nicht so viel, wie es eigentlich zu erwarten gewesen war.
»Es ist ein Geist«, meinte B.C.J. und richtete sich langsam auf. Jaxon schwenkte seinen Blick zu dem Obdachlosen, nachdem er den Körper genauestens inspiziert hatte.
»Wie meinst du das?«
»So, wie ich es sage. Der Wächter der Mühle, die Gestalt im Umhang, ist ein Geist.«
»Das ist doch quatsch«, sagte Brenda bestimmt.
Sie hatte sich bisher im Hintergrund gehalten, schien die gesamte Zeit über noch unter Schock gestanden zu haben. Jetzt stand sie jedoch auf und kam mit langsamen Schritten auf Maxwell und B.C.J. zugeschritten.
»Wie sollte ein Geist all das angestellt haben?«
»Das weiß ich doch auch nicht. Aber, verdammt, wie soll ein Mensch drei Kugeln in die Brust überleben? Diese Kreatur wurde erst durch diese Eisenstange getötet.«
B.C.J. schien keine Lust auf eine Diskussion zu haben. Er stand auf, und Maxwell half ihm dabei, langsam auf die Füße zu kom-

men.

»Danke, man. Das habe ich wirklich nicht verdient, nachdem Franky dir ein Messer in die Rippen gejagt hat.«

Maxwell rang sich ein Lächeln ab.

»Das warst nicht du selbst.«

»Das kannst du laut sagen.«

B.C.J. legte eine kurze Pause ein und strich sich über die fettigen Haare.

»Wir müssen den Körper verbrennen.«

»Was?«, fragte Laura entrüstet.

»Ansonsten werden wir den Geist nicht von hier vertreiben können. Er wird wiederkehren, sobald die Zeit dazu gekommen ist.«

»Ich glaube dir kein Wort.«

In Lauras Stimme war zu hören, was sie dem Mann über empfand. Pure Abscheu und Hass für das, was er Maxwell angetan hatte.

»Vielleicht hat er ja recht...«, setzte Maxwell an, bevor er von seiner Freundin unterbrochen wurde.

»Du glaubst diesem schizophrenen Irren? Dir ist doch nicht mehr zu helfen.«

Sie drehte sich wütend von ihm weg.

»Ich weiß nur, dass ich von hier verschwinde. Dieser Ort ist mir nicht geheuer.«

Jaxon konnte Maxwell in diesem Moment ansehen, dass es ihm schwerfiel, die richtige Entscheidung zu treffen. Einerseits sollten sie sich schleunigst in Sicherheit bringen... doch konnten sie andererseits mit ihrem schlechten Gewissen leben, wenn das, was B.C.J. sagte, stimmte, und der Geist zurückkehren und Rache für seinen Tod nehmen würde? Er schüttelte entschieden

den Kopf. *Aktuell ist jegliche Gefahr gebannt. B.C.J. ist Herr seiner Sinne und der Geist... diese Gestalt... ach verdammt, was auch immer, ist tot. Wenn auch nur für den Moment.* Bevor Maxwell etwas sagen konnte, entschied Jaxon sich dazu, die Situation etwas zu entschärfen.
»Wir müssen das tun, Laura.«
Er versuchte seiner Stimme einen sanften, neutralen Ton zu verleihen und hoffte, dass er mit seinen Worten zu ihr durchdringen konnte.
»Kein Mensch dieser Welt überlebt drei Kugeln in die Brust. Verdammt, ich weiß auch nicht, was es mit dieser Eisenstange auf sich hat, aber nur sie hat diese Kreatur für einen Moment außer Gefecht gesetzt.«
»Ich glaube ihm trotzdem kein Wort. Er soll von hier verschwinden.«
Sie zeigte auf B.C.J..
»Jetzt beruhige dich doch mal.«
Plötzlich erklang ein leises, trockenes Lachen. Es kam aus der Richtung, in der sich B.C.J. und Maxwell befanden – und in diesem Moment schrillten bei Jaxon alle Alarmglocken. Er konnte nicht schnell genug handeln, drehte sich um und nahm sein Ziel fest ins Visier. Doch Franky, die zweite, bitterböse und sadistische Persönlichkeit von B.C.J., hatte Maxwell in diesem Moment bereits mit einem tiefen, präzisen Schnitt die Kehle durchgeschnitten. Röchelnd versuchte selbiger noch, die offene Wunde mit seinen Händen zusammenzupressen, doch das Blut, welches in Mengen aus seinem Hals sickerte, bahnte sich seinen Weg durch die Ritzen seiner Finger auf den Holzboden. Aus ungläubigen Augen starrte Maxwell seinen Mörder an, ehe Jaxon einen Schuss abfeuerte. Der Knall hallte ohrenbetäubend in

den Wänden der alten Mühle wider und verursachte bei ihm ein leises Piepen im Ohr. Die Kugel zerfetzte Frankys Gesicht, das Messer rutschte aus seiner Hand und landete auf dem Boden. Laura eilte an dem fallenden Körper vorbei und ging neben Maxwell auf die Knie.

»Ich brauche irgendetwas, um die Blutung zu stoppen!«

Sie war den Tränen nahe, das war aus ihrer Stimme ganz klar herauszuhören. Hilfesuchend sah sie sich um, blickte nacheinander in die Gesichter von Jaxon und Brenda. Als langsam die Erkenntnis über sie kam, dass Maxwell nicht mehr zu helfen war, sackte sie in sich zusammen, begrub ihr Gesicht in der Armbeuge und ließ ihrer Trauer freien Lauf. Jaxon spürte bei dem Anblick seines sterbenden Freundes gar nichts. Es war, als hätte der Tod von Natalia alle Gefühle in ihm ausgelöscht und eine tiefe, gähnende Leere hinterlassen. Während er mit seinen eigenen Gedanken rang, legte Brenda einen Arm um Laura und fing nun ebenfalls an, ihren Gefühlen nachzugeben. Jaxon sah nur rot... überall war Blut, und als er tief durchatmete, spürte er wieder den stechenden Schmerz in seiner Rippengegend. Er war jetzt so schlimm geworden, dass er sich setzen musste.

»Kommt, wir müssen hier raus.«

Er übernahm das Wort, doch es schien so, als würden ihm Laura und Brenda nicht zuhören. Er stand auf, versuchte, den Schmerz eine Weile lang zu ignorieren, und humpelte zwei Meter nach vorne, in die Richtung des Fachwerkraumes. Die Metallkiste stand noch immer dort – gut sichtbar in der Mitte des Raumes. Sie war allerdings auch noch immer verschlossen, und Jaxon überlegte krampfhaft, wie es ihnen gelingen könnte, sie zu öffnen. Dann fiel ihm wieder das Buch ein, welches der Obdachlose abgelegt hatte, kurz bevor er den Angriff auf die Gestalt im

schwarzen Mantel ausgeführt hatte. Er suchte mit seinen Augen die Umgebung ab und hatte es schnell gefunden.
»Was hast du vor?«, fragte Laura mit zitternder Stimme.
»Ich möchte wissen, was verdammt nochmal hier los ist.«
Er schlug das Buch auf, und war erstaunt über das, was ihm sofort ins Auge fiel. Eine Zahl, die aus drei Ziffern bestand, direkt auf der ersten Seite. Sein Herz begann vor Aufregung schneller zu schlagen. *666. Die Zahl des Teufels. Warum ist mir das nicht vorher eingefallen?* Er ließ Brenda und Laura allein und ging durch den Türrahmen wieder in den Fachwerkraum hinein. Er zitterte am gesamten Körper, und der Anblick der beiden massakrierten Leichen raubte ihm beinahe die Sinne. Er wusste nicht, was mit ihm los war. In diesem Moment war ihm irgendwie alles egal, der Schock hatte seinen Körper komplett eingenommen und sein Blickfeld war verschwommen. Das Einzige, was er klar vor Augen sah, war die Metallkiste. Er griff nach dem Schloss, drehte die richtige Zahlenkombination hinein und spürte, wie sich der Bügel infolge eines leisen Klickens langsam zur Seite schieben ließ. Er stieß den Deckel hoch... und konnte nicht glauben, was er im nächsten Moment erblickte.

19

Das Konterfei von Salmon P. Chase lächelte Jaxon an. Es war auf den vielen Zehntausend Dollar Scheinen gedruckt, die in der Kiste lagen, und Jaxon spürte, wie sich in diesem Moment eine Faust um seinen Magen legte. *Es ist alles gelogen.* Er schluckte, doch der Kloß, der sich in seinem Hals gebildet hatte, verschwand dadurch nicht – ganz im Gegenteil, er wurde sogar noch größer. *Falschgeld.*
»Was ist los?«
Brenda tauchte im Türrahmen auf. Jaxon gab den Blick auf die geöffnete Metallkiste frei, sie stellte sich hinter ihn und wagte einen Blick hinein.
»Das ist ja unfassbar.«
»Alles Falschgeld«, murmelte Jaxon.
»Nein. Das ist echt. Sieh doch mal.«
Sie griff in die Kiste hinein.
»Die Beschaffenheit... das Geld ist echt. Ich...«
Sie legte eine kurze Pause ein, die sie dafür nutzte, sich eine Träne aus dem Augenwinkel zu wischen.
»Es ist mir sehr unangenehm, aber ich habe Erfahrung mit falschem Geld. Glaub mir, es ist echt.«
»Stimmt das wirklich?«, fragte Laura aus der Ferne.
»Ja.«
»Verdammt, wir hätten Natalia gleich glauben müssen. Dann wäre all das nicht passiert... dann wäre sie noch am Leben... und Maxwell...«
Sie schluchzte hörbar und verfiel in einen nahezu apathischen

Zustand.
»Was sollen wir jetzt machen?«, fragte Jaxon, während Brenda dabei war, die Scheine zu zählen.
»Eine Million«, murmelte sie wenige Sekunden später.
»Das sind einhundert verdammte Zehntausend Dollar Scheine!«
»So furchtbar das auch klingt, aber wir müssen hier allein durch. Lasst uns die Toten begraben... und dann nichts wie weg von hier.«
Es fühlte sich komplett falsch an, doch Jaxon war sich sicher, dass sie keine andere Wahl hatten. Er ließ seinen Blick ein letztes Mal über das Schlachtfeld schweifen. Er kontrollierte kurz den Puls des Mannes, der an das Wagenrad gebunden war – doch dieses Mal war da nichts mehr zu fühlen, was ihn aber auch nicht verwunderte. *Sieben Menschen sind hier gestorben. Oder doch eher sechs und ein Geist?* Skeptisch begutachtete er den Leichnam in dem schwarzen Mantel näher. Plötzlich hörte er Stimmen und näherkommende Schritte von außerhalb. Äste knackten, und wenige Augenblicke später erhellte bereits der gelbe Lichtkegel einer Taschenlampe den Eingangsbereich der Mühle.
»James?«
Die laute Stimme eines Mannes hallte durch die Mühle.
»Himmel...«
»Wir sind hier!«
Laura klang erleichtert ob der Tatsache, dass sie nun nicht mehr alleine waren. Für Jaxon ging das alles viel zu schnell – ehe er überhaupt einen klaren Gedanken fassen konnte, war der Strahl der Taschenlampe bereits auf sein Gesicht gerichtet.
»Was ist denn hier passiert?«

Jaxon konnte sich vorstellen, was der Officer, augenscheinlich ein Kollege von Wilson, in diesem Moment wohl denken mochte. Die Mühle präsentierte sich regelrecht als Schlachtfeld. Überall klebte Blut, und tote Körper säumten den Raum. Als er die Waffe sah, die Jaxon noch immer in der Hand trug, sagte er mit scharfem Ton:
»Legen Sie sofort die Waffe weg!«
Jaxon folgte seinem Befehl, er legte die Pistole auf den Boden und schob sie außer Reichweite. Er wollte nicht riskieren, dass der Mann eventuell sogar eine Kugel auf ihn feuern würde – die Officer in diesem Land hatten den besonderen Ruf, erst nach dem Betätigen der Waffe wirklich nachzudenken.
»Wir sind unschuldig.«
Er versuchte, seiner Stimme einen ruhigen Ton zu verleihen.
»Connor?«
Der Officer, der seine Waffe auf Jaxon gerichtet hatte, drehte sich in die Richtung um, aus der die Stimme seines Kollegen gekommen war.
»James ist tot.«
»Oh mein Gott.«
»Wir haben insgesamt sechs Tote hier. Kannst du die drei mit aufs Revier nehmen und die Aussagen aufnehmen? Ich werde mich, gemeinsam mit den Kollegen von der Spurensicherung, darum kümmern, den Tatort abzusichern. Und danach werde ich diesen Ort endgültig absperren. Es kann nicht sein, dass wir hier zwei Mal am Tag mehrere Todesfälle verzeichnen. Irgendetwas stimmt hier doch nicht.«
»Ist okay.«
Die Stimme des Officers, den der Mann Connor genannt hatte, hatte einen monotonen Ton angenommen. *Selbst einem erfahr-*

enen Cop setzt sowas noch zu. Verdammt, die stolpern ja heute von Leiche zu Leiche. Jaxon sah dem, was ihnen bevorstand, mit gemischten Gefühlen entgegen. Der Vorteil war, dass sie nun weit weg von diesem Ort kommen würden – der Nachteil hingegen, dass das, was eben geschehen war, sie nach und nach einholen würde. Es graute ihm vor dem Moment, in dem sich der Nebel in seinem Kopf lichten und ihm die Grausamkeit der Geschehnisse klar werden würde. Aktuell dominierte noch der Schock. *Und das ganze Geld... es wird sicher von den Cops beschlagnahmt. Scheiße.*
»Okay, kommen Sie bitte mit zum Dienstwagen. Wir fahren gemeinsam ins Revier nach Phoenix und werden dort Ihre Aussagen aufnehmen.«
Phoenix war die nächste Großstadt in der Nähe des *Camp Seaside*, aber trotzdem viele Meilen entfernt. Im nächtlichen Verkehr sollten sie über den Highway vielleicht eine halbe Stunde bis dorthin brauchen. Während Connor sie aus der Mühle zum Streifenwagen geleitete, wehte Jaxon ein kühler Wind entgegen. Das Auto parkte direkt hinter der Mühle, sie mussten das alte Bauwerk erst umrunden, um den Wagen zu erreichen. Beklemmendes Schweigen herrschte, niemand sprach ein Wort. Jaxon nahm gemeinsam mit Laura und Brenda auf der Rückbank, die drei Sitzmöglichkeiten bot, Platz. Connor benötigte drei Versuche, den Motor zu starten – die Situation schien ihm so zugesetzt zu haben, dass er nicht mehr klar denken konnte. Er schaltete das Radio ein, es liefen gerade die zwei Uhr Nachrichten. Während der Nachrichtensprecher, ein Mann mit tiefer, emotionsloser Stimme, über die Geschehnisse des Tages berichtete, hielt Connor seinen Blick in Fahrtrichtung gerichtet. Er sagte nichts und steuerte den Wagen einfach nur über den mat-

schigen Feldweg, bis er schließlich die Straße erreicht hatte, die durch den Wald hindurch vom Gelände des Camp Seaside und der alten Mühle wegführte. Mit jedem Meter, den sie zwischen sich und dem Ort brachten, an dem so schreckliche Dinge geschehen waren, fühlte Jaxon sich schlechter. Der Schock ebbte ab, und das, was passiert war, brannte sich tief in seine Gedankengänge ein. *Natalia und Maxwell sind tot.* Seine Freundin und sein bester Freund - vorhin hatten sie alle noch gemeinsam Zeit verbracht, und nun war das für immer vorbei. Draußen begann es derweil zu regnen. Die Tropfen plätscherten langsam auf die Scheibe, und wenige Sekunden später hatte Connor den Scheibenwischer angeschaltet. Die Wischblätter hinterließen einen öligen Film auf der Windschutzscheibe, doch es reichte trotzdem aus, um durch sie einen klaren Blick auf das zu bekommen, was im gelben Lichtkegel der Scheinwerfer vor ihnen lag. Bald war aus dem anfangs leichten Regen ein mittelschwerer Platzregen geworden, die Fahrbahn wurde rutschiger und Jaxon fühlte sich zunehmend unwohler. Sie begegneten keinem weiteren Auto und hatten die waldige Strecke nach zehn Minuten durchquert. Die Piste wurde staubiger, der Regen hatte den Eingang der Großstadt noch nicht erreicht. Am Fahrbahnrand wuchs ein Kaktus in die Höhe, und in der Ferne waren bereits die ersten verwinkelten Gassen und Hochhäuser zu sehen. Jaxon war vor langer Zeit das letzte Mal in Phoenix gewesen. Seitdem hatte sich sicher einiges verändert - doch das spielte keine Rolle, sie waren auf keinem Sightseeing-Trip, sondern auf dem Rücksitz eines Streifenwagens auf dem Weg zu einer offiziellen Vernehmung, die im Zusammenhang mit dem Tod von sechs Menschen stand. *Oder fünf.*
»Ich muss nochmal eben kurz tanken«, murmelte Connor.

»Wir werden es sonst kaum zum Revier schaffen.«
Es waren die ersten Worte, die der Officer sagte. Jaxon nahm sie nickend zur Kenntnis.
»Ich weiß, es klingt komisch, aber ich habe Hunger. Ich komme mit rein.«
Laura und Brenda antworteten ihm nicht, und er spürte förmlich den stechenden Blick, den Laura ihm zuwarf. Er wusste selbst nicht, warum er sich gerade so fühlte, als wenn in seinem Magen ein faustgroßes Loch aufklaffen würde. *Wahrscheinlich ist das alles noch eine Reaktion auf den Schock. Laura und Brenda werden das, was eben geschehen ist, bereits langsam verarbeiten, während ich noch mit der Erkenntnis ringe.* Connor bog derweil auf den Parkplatz der Shell Tankstelle ab und stellte den Motor ab. Jaxon öffnete die Tür und stieg aus. Die kühle Nachtluft fühlte sich gut an, im Inneren des Streifenwagens war es extrem stickig gewesen. Während der Officer den Zapfhahn bediente und den Wagen volltankte, ging Jaxon bereits durch die Glasschiebetür ins Innere. Der kleine Shop war leer, an der Kasse saß ein älterer Mann mit grauen Haaren und einem Monokel auf dem rechten Auge. Eine goldene Kette baumelte an seinem Hals, zudem trug er einen rotweißen Pullover mit Rautenmuster. Als er Jaxon erblickte, erntete dieser direkt einen missmutigen Blick.
»Suchen Sie was bestimmtes?«
Der Ton des Alten war rau und unfreundlich, doch Jaxon wollte sich dadurch nicht aus dem Konzept bringen lassen. *Der hat sicher schon so einiges in seinem Leben erlebt.*
»Irgendetwas zu essen wäre gut.«
Im selben Moment, in dem er die Worte aussprach, kam nun auch Connor in den Laden getreten.

»Ich habe hinten noch frische Corndogs in der Fritteuse«, meinte der Mann.
Jaxon nickte. Er mochte die Wurst, die in einem fettigen Teigmantel frittiert am Spieß hing, sehr gerne. Der Mann verschwand im hinteren Bereich, allerdings nicht, ohne Connor, der sich bereits an der Kasse angestellt hatte, einen Blick zuzuwerfen. Es dauerte etwas, bis er wiederkam. In der Hand trug er einen Corndog und einen Becher dampfenden Kaffee.
»Für meine Freunde vom Phoenix Police Departement.«
Er reichte dem verdutzten Connor den heißen Kaffeebecher.
»Der geht aufs Haus.«
Nachdem er die Tankfüllung abgezogen hatte, sah er Jaxon an.
»Fünf Dollar sind das bitte.«
Fünf Dollar waren für einen Corndog ziemlich überteuert – doch Jaxon war das in diesem Moment egal. Die Wurst, die er sonst so gerne mochte, schmeckte in Anbetracht der Ereignisse fade und pappig. Der Teigmantel war schon abgekühlt, und das Fett triefte auf den Pappteller, auf dem er das Gericht serviert bekommen hatte. Er klopfte seine beiden Hosentaschen kurz ab, und nahm missmutig zur Kenntnis, dass er sein Portemonnaie im Zelt gelassen hatte. Dann jedoch fiel ihm ein, dass er ja immer einen zehn Dollar Schein in seiner Socke trug – er entschuldigte sich kurz bei dem Mann und zog den zusammengefalteten Geldschein hervor. Mit hochgezogenen Augenbrauen nahm der Alte das Geld entgegen und gab ihm einen Fünfer zurück. Er verabschiedete sich von ihm und erntete nur ein leises Grummeln. Connor hatte die Tankstelle bereits verlassen und stand wartend vor dem Auto, den Pappbecher in der einen und sein Portemonnaie in der anderen Hand. Er schlürfte einen Schluck des Heißgetränkes, öffnete die Fahrertür und stellte den

dampfenden Becher auf der Mittelablage ab. Jaxon umrundete das Auto und nahm auf dem Beifahrersitz Platz, woraufhin Connor den Motor startete. Es war ihm unangenehm, sich wieder neben Laura auf die Rückbank zu setzen. Obwohl er nur einen Corn Dog gegessen hatte, merkte er, wie ihm dieser jetzt schwer im Magen lag. Nur zwei Häuserblocks später lenkte Connor den Polizeiwagen auf den Parkplatz des Reviers und schaltete den Motor aus. Um diese Uhrzeit brannte zwar noch Licht in der Zentrale, doch Jaxon konnte sich bereits vorstellen, dass nicht wirklich viel los sein würde.
»Wir werden jetzt direkt in den Vernehmungsraum gehen. Ich werde meinem diensthabenden Kollegen Bescheid geben, dass er sich bitte um euch kümmern soll. Meine Schicht ist nach vierzehn Stunden langsam auch mal zu Ende.«
Er gähnte, und im Schein der Innenbeleuchtung konnte Jaxon deutlich die Augenringe sehen, die sein Gesicht zierten. Er konnte den Mann durchaus verstehen und nickte daher.
»Wir werden alles erzählen, was wir erlebt haben.«
Er wusste nicht, warum das geschah, aber bei den letzten Worten, die er sprach, verkrampfte sich sein Magen so heftig, dass ihm übel wurde.

Als es draußen zu regnen begann, spürte er langsam, wie die Kräfte in seinen Körper zurückkehrten. Er verspürte keinen Schmerz – seit er vor vielen Jahren einen qualvollen Tod gestorben war, hatte er keine Schwäche mehr gezeigt. Und die Idioten waren ihm nun direkt in die Falle gelaufen. Die Mühle hatte sich langsam geleert, die Menschen waren nach und nach verschwunden. Er hörte nur noch vereinzelte Schritte über die alten Dielen der Mühle huschen, was seinen Blutdurst nochmal steigerte. Ja, sie hatten sich wirklich verdammt dämlich verhalten. Vor vielen Jahren hätte ihn die Eisenstange, die der Obdachlose in ihn hineingestoßen hatte, wirklich töten können – doch das reine Eisen war verrostet, weshalb es seine Kraft komplett verloren hatte. Und die Krönung waren schließlich die Kugeln gewesen, die der eine Mann dem Penner in den Kopf gefeuert hatte. Die Hirnmasse hatte sich auf der Wand verteilt – ja, auf der Wand, auf der das Siegel angebracht war. Es war nur schwer zu erkennen, die vergangenen Jahre hatten dafür gesorgt, dass die schwarze Schrift immer verschwommener geworden war. Das Siegel glich einem Pentagramm und hatte ihn an diesen Ort gefesselt, es war stärker gewesen als die massivsten Eisenketten, die es überhaupt gibt. Doch nun war es durchbrochen worden, und seine Gestalt war nicht mehr an diesen Ort gefesselt, an den Ort, an dem er vor vielen Jahren sein Leben verloren hatte. Nun war er frei, und das setzte Kräfte in ihm frei, von denen er bisher nicht einmal geahnt hatte. Er stand auf und wagte sich nach draußen. Das hatte er vor einigen Minuten schon einmal getan, in dem Moment, in dem er den Officer mit dem Streifenwagen getötet hatte. Doch auch da hatte er schon gespürt, dass er mit jedem Meter, den er sich von seiner Quelle entfernt hatte, schwächer geworden war. Nun gab es nichts mehr, was ihn schwach machte – das Siegel war durchbrochen, und die Menschen mussten sich auf seinen unstillbaren Blutdurst einstellen.

20

Die Befragung auf dem Revier des Phoenix Police Departement hatte niemals enden wollen. Connor, dessen Nachnamen Jaxon nicht erfahren hatte, hatte sie seinem alten, mürrischen Kollegen, Officer Dan Hering, übergeben. Schon nach wenigen Sekunden hatte Jaxon sich gewünscht, dass Connor an seiner Stelle die Befragung führen würde – doch da war dieser bereits in den wohlverdienten Feierabend verschwunden. Der Mann, in dessen Gesicht die vielen Dienstjahre Spuren hinterlassen hatten, war ihm auf Anhieb unsympathisch vorgekommen. Er war noch die Art von Polizist, die sich direkt in die Schlacht wagte, und Jaxon konnte sich vorstellen, dass der Mann in seinem Leben öfter zur Waffe gegriffen hatte, als es vielleicht notwendig gewesen war. Dieser Eindruck hatte sich dann direkt bestätigt, als die Befragung aufgenommen worden war. Mit einem rauen Ton hatte der Officer sie ausgefragt, hatte so versucht, jedes einzelne Detail zu erzwingen. Mit dem Resultat des Gespräches war er nicht zufrieden, das war ihm deutlich anzusehen gewesen. Er versuchte es noch mit ein paar zusätzlichen Fragen, irgendwann jedoch sah er ein, dass es nichts mehr zu klären gab. Er bot ihnen am Ende noch an, sie in das *Freeway Inn* zu bringen, einem Motel, welches laut seiner Aussage nah am Highway lag. Das Angebot nahm Jaxon nach Rücksprache mit Laura und Brenda dankend an, sie hatten zwar alle kein Geld dabei, doch als Übergangslösung würde das dennoch reichen. Hering kam noch mit zur Rezeption und sprach mit der dunkelhaarigen Frau, die offenbar heute den Nachtdienst hatte. Ein Blick auf die Uhr, die an der einfachen, weißen Lobbywand hing, verriet ihm, dass es kurz nach halb vier war. Er fühlte sich zwar erschöpft, aber nicht müde – selbst dann nicht, als er wenige Minuten später auf der Matratze seines Einzelzimmers saß und sich in dem kleinen Zimmer umsah. Ein alter, ergrauter Vorhang mit Blümchenmuster verdeckte das Fenster dahinter, Jaxon zog ihn zurück und öffnete es, um etwas Luft ins stickige Zimmer zu lassen. Er legte sich auf das Bett, zog die Decke zurück und schloss die Augen... doch die Autos draußen, der Lärm des nahen Highways, war nicht zu ertragen. Er stöhnte, stand auf und tastete nach dem Schalter der kleinen Lampe, die auf dem Nachttisch stand. Der Lichtkegel warf einen beängstigenden Schatten gegen die Wand, ein Bild, was ihn wieder in die Situation zurück katapultierte, aus der er erst vor wenigen Stunden lebend entkommen war. *Verdammt. Wir hätten sichergehen sollen, dass dieser Scheißkerl auch wirklich tot ist.* Was, wenn das, was der obdachlose Schizophrene, der kurz darauf Maxwell brutal ermordet hatte, stimmte? Jaxon traute dem Mann nicht, doch er wusste, dass er diese Möglichkeit zumindest ins Auge fassen musste. *Ein eindeutiger Beweis dafür sind die verdammten Kugeln, die ich der Gestalt in die Brust gefeuert hatte.* Sein Magen verkrampfte sich erneut, und während er flachatmend da lag, fragte er sich, ob Laura und Brenda bereits Schlaf gefunden hatten, oder ob sie, genau wie er, wach lagen und versuchten, mit ihren Gedanken klarzukommen. Er konnte es sich fast nicht anders vorstellen, und wünschte sich in diesem Moment einfach, nicht alleine sein zu müssen. Er überlegte kurz, ob er an Lauras Zimmertür klopfen sollte, verwarf den Gedanken dann jedoch wieder. Sie war ganz offensichtlich sauer auf ihn, und er konnte es ihr nicht verübeln. Gewissermaßen fühlte er sich am Tod von Maxwell auch mitschuldig – den

kurzen Disput, den er mit Laura gehabt hatte, hatten dem Irren erst die nötigen Sekunden verschafft, die er gebraucht hatte, um sein Werk zu vollenden. Gerade, als er halbwegs zur Ruhe gekommen war, die Augen geschlossen hatte und an der Schwelle zur Traumwelt stand, vernahm er ein leises Klopfen. Er wartete einen Augenblick, doch als sich das Geräusch dann wiederholte, wusste er, dass er es sich nicht eingebildet hatte. Er versuchte, langsam und leise zu der Tür zu gehen, um dann einen Blick durch den Spion auf den Flur zu werfen. Verdutzt nahm er zur Kenntnis, dass die Frau, bei der Officer Hering zuvor drei Zimmer für eine Nacht gebucht hatte, vor der Tür stand. Jaxon drehte den Schlüssel herum und öffnete die Tür.
»Was kann ich für Sie tun?«
»Ich habe etwas für Sie. Darf ich reinkommen?«
Jaxon machte der Frau Platz, sodass sie eintreten konnte.
»Was möchten Sie um diese Uhrzeit von mir?«
»Ich bin die Ehefrau von dem Officer, der euch hierhergebracht hat. Mein Name ist Sandy Hering. Dan hat mir alles erzählt... er weiß, dass ich mich schon seit langer Zeit mit der Geschichte vom Wächter der Mühle befasse, eine Legende, die sich augenscheinlich immer wieder wiederholt.«
Sie machte eine kurze Pause.
»Bitte entschuldige, dass ich dich um diese Uhrzeit noch störe. Ich darf doch *du* sagen, oder?«
Jaxon fand Sandy, im Gegensatz zu ihrem Mann, direkt sympathisch, weshalb er nickte. Er war zwar in den letzten Minuten müde geworden, ihre Worte hatten jedoch dafür gesorgt, dass er binnen weniger Sekunden wieder hellwach war.
»Ich kenne ein Medium, welches uns vielleicht den Kontakt zur Geisterwelt ermöglicht. Dan hat mir wirklich alles erzählt... ich

möchte dich nicht enttäuschen oder gar verschrecken, aber ich fürchte, dass das, was ihr gedenkt, getötet zu haben, nicht tot ist und wiederauferstehen wird.«

Also hatte der Obdachlose doch recht gehabt? Das war definitiv kein Mensch. Jaxon wusste nicht, woran es lag, aber er glaubte die Worte, die Sandy, die nebenbei bemerkt sehr attraktiv aussah und beinahe anziehend auf ihn wirkte, sofort. Er stellte das, was sie sagte, nicht mal ansatzweise in Frage, und konnte selbst nicht sagen, woran das lag. Er schätzte Sandy auf Mitte dreißig, und fragte sich, wie solch ein in die Jahre gekommener Mann wie Officer Hering es geschafft hatte, so eine Art von Frau als Ehefrau zu haben. Dann jedoch schwenkten seine Gedanken wieder zu Natalia herüber... ein Umstand, der ihn von einem auf den anderen Moment in tiefe Trauer stürzte.

»Es tut mir leid, dass ihr so viele Menschen dort verloren habt. Aber so, wie es aussieht, müssen wir zurück zur Mühle – nachdem wir Kontakt mit der Geisterwelt hergestellt haben.«

»Wo befindet sich dieses Medium?«, fragte Jaxon.

Er wollte das, was geschehen war, keinesfalls einfach so auf sich beruhen lassen und sich aus dem Staub machen. Er würde nie in Frieden leben können, wenn die Sache nicht abgeschlossen sein würde.

»Kannst du dich noch an das *Arizona Splash* erinnern? Die Neueröffnung eines Schwimmbades... es war ganz groß in der Presse.«

Jaxon nickte. Er hatte von den Dingen mitbekommen, die sich in der Schwimmhalle ereignet hatten – sowohl das Fernsehen als auch die Presse hatten ausführlich darüber berichtet.

»Wir finden sie direkt dort in der Nähe. Du solltest allerdings wissen... Beth ist etwas eigenartig. Auf den ersten Blick kommt

sie einem mehr als verrückt vor, doch die alte Dame hat ein Herz aus Gold und zudem einen Kontakt zur Geisterwelt. Ich schlage vor, wir statten ihr morgen Mittag einen Besuch ab.«
Jaxon nickte.
»Das ist okay. Ich werde Brenda und Laura direkt am Morgen Bescheid geben, dann können sie mitkommen.«
»Oh, das geht leider nicht.«
Sandy legte eine kurze Pause ein.
»Bei dieser Art von Séance können maximal zwei Personen anwesend sein. Ich würde dich gerne zu Beth begleiten, aber den letzten Schritt musst du alleine gehen. Ich würde dir sogar raten, deinen Freunden nichts von deinem Ausflug zu erzählen.«
»Warum nicht?«, fragte Jaxon irritiert.
»Sie haben das gesehen, was ich auch gesehen habe. Wir stehen auf einer Seite.«
»Da sei dir mal nicht allzu sicher. Gute Nacht.«
Mit diesen Worten verließ Sandy den Raum und ließ ihn komplett verwirrt im Hotelzimmer stehen. Er brauchte einen Moment, bis er die Situation verarbeitet hatte – und an Schlaf war jetzt nicht zu denken, er fühlte sich wieder hellwach. In der Minibar des Zimmers fand er eine kühle Dose *Fosters*, er öffnete sie und nahm einen tiefen Schluck des herben Biers. Als er die Dose nach wenigen Minuten geleert hatte, stellte er sie auf dem Nachttisch ab und legte sich erneut ins Bett. Dieses Mal gab es kein Klopfen, welches ihn daran hinderte, einzuschlafen – weshalb er selbiges nach wenigen Minuten auch tat.

Die Sonne, die durch den alten Vorhang hineinschien, weckte ihn am frühen Morgen. Ein Blick auf den digitalen Radiowecker verriet ihm, dass es kurz nach acht war – er hatte nicht lange geschlafen und genauso fühlte er sich auch. Sein Kopf schmerzte, und auch seine vermutlich gebrochene Rippe bereitete ihm Probleme beim Aufstehen. Er wälzte sich noch eine Weile auf der Matratze herum, ehe er schließlich aufstand und einen Schluck Wasser aus dem Hahn im kleinen Bad trank. Er wusch sich den Schlaf aus dem Gesicht, klatschte sich eine Handvoll kaltes Wasser in selbiges und hoffte, dass die Kräfte so nach und nach in seinen Körper zurückkehren würden. Zumindest wurde er dadurch etwas wacher, und das war auch alles, was er in diesem Moment wollte. Nachdem er sich geduscht und angezogen hatte, trat er auf den Flur hinaus und ging zu der Tür, hinter der das Zimmer lag, in dem Laura die Nacht verbracht hatte. Er hatte das dringende Gefühl, mit ihr über das zu sprechen, was vorgefallen war – und es war ihm auch egal, ob er sie dabei aufwecken würde. Langsam und zögerlich blieb er vor der Tür mit der Nummer dreiundzwanzig stehen, ballte seine Hand zur Faust und klopfte zwei Mal an. Zunächst tat sich nichts, doch nach wenigen Sekunden waren Schritte aus dem Inneren zu hören, die sich langsam der Tür näherten. Laura verharrte einen Augenblick, sie schien, genau wie er in der Nacht, einen Blick durch den Spion zu werfen, ehe sie die Tür aufschloss. Es sah so aus, als hätte er sie mitten aus einem tiefen Schlaf gerissen. Ihre Haare hingen ihr über der Stirn und standen in alle möglichen Richtungen ab. Das Make-Up, was sie trug, wirkte verwaschen – er sah, dass sie über Nacht geweint hatte, und fühlte sich direkt schlecht.

»Hey.«

Er trat einen Schritt nach vorne und nahm sie in die Arme, sie ließ es zu und wehrte sich nicht dagegen.

»Ich wollte dich gestern Abend nicht verärgern. Ich... habe ein-

fach noch nicht das realisiert, was passiert ist. Ich meine, Maxwell und Natalia... ich kann nicht fassen, dass sie tot sind.«
»Es ist eine verdammt miese Situation.«
Laura wischte sich eine Träne aus dem Augenwinkel.
»Aber ich bin dir nicht böse. Wir sollten zusammenhalten... es ist schon okay.«
Sie machte eine kurze Pause.
»Ich mache mich eben fertig, dann können wir frühstücken gehen. Und danach sollten wir zusehen, dass wir Land gewinnen. Wir sollten das Auto vom Campingplatz holen und dann schnellstmöglich nach Hause.«
Jaxon schluckte. Er hatte einen anderen Plan – sollte diesen aber nicht verraten, zumindest, wenn es nach Sandy ging. Laura verschwand im Bad, Jaxon setzte sich auf die Bettkante und sah sich im Raum um. Dieser sah exakt so aus wie der, in dem er die Nacht verbracht hatte. Das *Freeway Inn* war zwar keine schäbige Absteige, doch Jaxon konnte sich trotzdem nicht vorstellen, mehr als eine Nacht in der Unterkunft zu verbringen. Es dauerte zehn Minuten, bis Laura wieder ins Zimmer kam. Sie hatte sich die Haare zu einem Zopf gebunden und sich das verwischte Make-Up aus den Augen gewaschen. Kurz darauf verließen sie gemeinsam ihr Zimmer und gingen die Treppe hinunter, die ins Erdgeschoss führte. Dort war der Weg zum Speisesaal bereits gekennzeichnet, sie folgten dem Schild und traten durch eine Glastür in den Raum hinein. An der gegenüberliegenden Wand war ein kleines Buffet aufgebaut, neben Brötchen, Brot und Aufschnitt gab es frisches Rührei mit Schinken und zwei Thermoskannen mit Kaffee und Tee. Jaxon goss sich einen Kaffee ein, Laura wollte nichts trinken und nahm sich bloß eine Scheibe Brot mit einem Löffel Rührei. Er verspürte

wenig Appetit, und entschied sich dazu, es bei dem Kaffee zu belassen. Sein Magen rebellierte, und er wollte ihn nicht überstrapazieren. Während er einen Schluck Kaffee trank, entschied er sich nun doch dazu, Laura von dem nächtlichen Besuch zu erzählen.
»Und du glaubst ihr?«
Sie sah ihn skeptisch an.
»Wenn du mich fragst, hat die eine Schraube locker.«
»Ich glaube ihr.«
Jaxon schlug einen ruhigen Ton an.
»Und deshalb werde ich sie begleiten. Ich werde zu dem Medium fahren... bitte glaub mir, ich kann sonst nie wieder ruhig schlafen, wenn diese Sache nicht abgeschlossen ist.«
»Du bist ein Spinner«, murmelte Laura.
»Was bitte erwartest du dir von dem Besuch?«
Sie wirkte regelrecht aufgebracht.
»Ich weiß es nicht...«
»Ja, ich auch nicht«, antwortete sie trotzig.
»Und genau deshalb werde ich mir gleich ein Taxi nehmen und zum Campingplatz fahren. Sorry, Jaxon, aber ich werde dich bei deinem Vorhaben nicht begleiten. Ich habe es satt.«
Sie stand auf und schob den Stuhl laut quietschend über den Holzboden, was die Aufmerksamkeit der anderen Gäste erregte. Ohne auch nur einen Bissen von dem, was sie sich aufgefüllt hatte, zu nehmen, verließ Laura den Raum und ließ Jaxon ohne ihn eines weiteren Blickes zu würdigen alleine am Tisch sitzen. Die stechenden Blicke der anderen Gäste fühlten sich unerträglich an, er trank seinen Kaffee schnell aus und verließ dann ebenfalls den Speisesaal. Er hatte zwar nicht damit gerechnet, dass Laura ihn begleiten würde, und war insgeheim auch froh

darüber, weil das ja laut Sandy auch nicht möglich gewesen wäre – aber die Tatsache, dass sie ihn einen Spinner genannt hatte, belastete ihn doch sehr. Als er den dritten Stock wieder erreicht hatte, klopfte er an ihre Zimmertür, erhielt jedoch keine Reaktion. Er wartete noch ein paar Sekunden, doch als sich auch dann nichts tat, ging er enttäuscht in sein Zimmer und schloss die Tür ab. Seine Gedanken schweiften wieder zu dem nächtlichen Gespräch herüber. Sandy hatte keine genaue Uhrzeit genannt, weshalb ihm jetzt nichts anderes übrigblieb, als zu warten. Er legte sich auf das Bett, doch der Kaffee sorgte dafür, dass er kein Auge mehr zu bekam. Er fühlte sich mehr als nur gerädert, und hoffte, dass der heutige Tag wenigstens ein paar Erkenntnisse bringen würde. Die Zeit verging schleichend, der Sekundenzeiger der Wanduhr kroch langsam über das Zifferblatt. Genau in dem Moment, in dem Jaxon alles in Frage stellte und immer weniger von der Idee begeistert war, das Medium zu besuchen, klopfte es an der Tür. Ohne einen Blick durch den Spion zu werfen, öffnete er sie – und genau, wie er erwartet hatte, stand Sandy auf dem Flur. Sie hatte sich ein schimmerndes Oberteil angezogen, durch das Jaxon wage die Umrisse ihrer Brustwarzen erkennen konnte. Ihre schwarzen, gelockten Haare hingen ihr über die Schulter, und sie sah, so, wie sie vor ihm stand, wie eine Schauspielerin aus, die gerade frisch aus einem Film entsprungen war.
»Guten Morgen«, sagte sie bloß und senkte ihren Blick zu Boden.
»Hey. Wollen wir los?«
Jaxon hielt in diesem Moment nicht viel davon, Worte zu verlieren. Er hatte das Gefühl, dass sie unter Zeitdruck standen – warum, das konnte er sich selbst nicht erklären. Eigentlich gab es

nichts, was ihn zurück an den Ort ziehen sollte, an dem er am gestrigen Tage die schlimmsten Stunden seines Lebens erlebt hatte – und neben seinem besten Freund auch seine Freundin verloren hatte.
»Ist okay. Komm mit.«
Jaxon verließ das Hotelzimmer. Es gab nichts, was er an persönlichen Dingen bei sich hatte, weshalb er den Raum guten Gewissens hinter sich lassen konnte. Sandy reichte einem ihrer Kollegen, der hinter der Rezeption saß und am heutigen Tag Dienst hatte, den Zimmerschlüssel und drehte sich dann wieder zu Jaxon. Während sie die Lobby des *Freeway Inn* verließen, sagte sie:
»Wie ich dir in der Nacht schon erklärt habe... Beth ist komisch drauf. Sie wird auf den ersten Blick vielleicht verrückt erscheinen, aber glaub mir, sie ist ein absoluter Profi, wenn es um den Kontakt zum Jenseits geht.«
Auch, wenn ich immer noch nicht weiß, warum wir diesen verdammten Kontakt herstellen müssen?, fragte Jaxon sich innerlich.
Er hatte allerdings das Gefühl, dass Sandy mit der Situation umzugehen wusste – weshalb er keine Fragen stellte. Es waren andere Dinge, die ihm im Kopf herumgeisterten. Zum einen war es Laura. Er wusste nicht, was sie vorhatte – würde sie das Motel wirklich einfach so verlassen, zum Campingplatz zurückkehren, ihre Sachen abholen und verschwinden? Das war das Einzige, was ihm aktuell logisch erschien. *Wahrscheinlich wird sie sich mit Brenda zusammentun.* Kurz darauf wanderten seine Gedanken dann in eine Richtung, die er sich nicht erklären konnte. Er fragte sich, während er auf dem Ledersitz des Jeeps, der offensichtlich Sandy gehörte, Platz nahm, was zur Hölle

eine so hübsche Frau wie sie dazu brachte, ihr Leben mit einem solch griesgrämigen Officer wie Dan Hering zu verbringen. Zumindest war das der erste Eindruck gewesen, den Jaxon bei der Vernehmung von dem Mann bekommen hatte – es bestand natürlich auch die Möglichkeit, dass er sich täuschte.

Die Fahrt nahm etwa eine halbe Stunde in Anspruch. Sandy parkte den Wagen direkt in der Nähe des *Arizona Splash*, und Jaxon war nicht gerade unbeeindruckt darüber, vor der Schwimmhalle zu stehen, in der sich im letzten Jahr diese furchtbaren Dinge zugetragen hatten. Der Betreiber hatte die Halle kurz darauf verkauft, es war ein langwieriger Prozess gewesen, und gerade standen dort mal wieder Renovierungsarbeiten auf dem Plan. Sollte man den Worten der örtlichen Presse Glauben schenken, würde das Erlebnisbad im kommenden Winter wieder öffnen können. Jaxon lief bei dem Gedanken daran ein Schauer über den Rücken. Er konnte sich nicht vorstellen, dass irgendein halbwegs normaler Mensch, der von den Geschehnissen dort gehört hatte, jemals wieder einen Fuß in das Schwimmbad setzen würde. Ja, die Menschen, die dort am Tage der Neueröffnung ins Wasser steigen würden, packte er gedanklich alle in dieselbe Schublade, die mit *Freaks* beschriftet war. Er folgte Sandy nun jedoch, sie ging am Parkplatz der Halle vorbei in die Richtung, in die eine kleine Seitenstraße am hohen Zaun des Außengeländes vorbeiführte. Es war heute wieder relativ warm, jedoch erträglicher als gestern. Ein paar Pfützen auf dem Boden verrieten Jaxon, dass es auch hier in der Nacht geregnet hatte. Hinter einem Busch, der bereits ziemlich verdorrt war, erkannte er einen kleinen Holzverschlag, der keine Fenster hatte. Sandy führte ihn genau in diese Richtung – und er konnte

sich denken, dass die Frau namens Beth, die vorgab, Kontakt mit dem Jenseits herzustellen, dort wohnte. Von außen betrachtet wirkte die kleine Hütte alles andere als einladend. Sandy blieb vor der Tür stehen und klopfte an. Ein schwarzer Schatten, den Jaxon bisher nicht bemerkt hatte, huschte plötzlich genau auf sie zu. Er zuckte zusammen, beruhigte sich jedoch wieder, als er sah, dass es sich bloß um eine verwahrloste Katze handelte. Sandy bückte sich herunter, und die Katze, die Jaxon eher als *Vieh* bezeichnet hätte, kam direkt näher. Im selben Moment öffnete sich die Tür, und die krächzende Stimme einer alten Dame erklang.
»Bartholomäus Jonathan Siebenschwanz, ich befehle dir sofort, wieder ins Haus zu kommen.«
»Ein eigentümlicher Name für eine Katze.«
Jaxon senkte seinen Blick verkniffen zu Boden.
»Das ist ein Kater.«
Beth betrachtete ihn mürrisch, bis sie ihren Blick schließlich zu Sandy schweifen ließ. Es dauerte ein paar Sekunden, bis sie sie erkannt hatte – als das schließlich passiert war, zeichnete sich ein breites Grinsen auf ihrem Gesicht ab. Sie schloss Sandy in die Arme und meinte:
»Sandra, ist alles gut bei dir? Mensch, ich habe dich lange nicht gesehen.«
Sie würdigte Jaxon keines weiteren Blickes.
»Alles gut. Ich musste in letzter Zeit viel arbeiten.«
»Komm gerne rein. Aber wer ist dieser Typ?«
»Nun... ich würde dir das gerne drinnen erklären. Besser gesagt wir.«
Beth zog eine Augenbraue hoch.
»Na gut, ich denke, es wird einen triftigen Grund haben, warum

du diesen Mann mitbringst. Ich bin gespannt, was du dieses Mal von mir verlangst.«

Sie gab den Eingang frei und führte Sandy und Jaxon ins Innere ihrer kleinen Behausung. Jaxon musste beim Anblick der schäbigen Bruchbude mehr oder weniger unfreiwillig daran denken, dass der Hütte eine Renovierung mal ganz guttun würde. Das Wohnzimmer wurde bloß von einer alten Stehlampe beleuchtet, nicht ein einziger Fetzen Tageslicht schaffte es, sich seinen Weg bis ins Innere zu bahnen. Zudem war es so stickig, dass Jaxon sich direkt wieder raus wünschte – er versuchte jedoch, diesen Wunsch zu ignorieren, und konzentrierte sich auf das Wesentliche. *Du bist hier, um Antworten auf deine Fragen zu bekommen. Wenn es wirklich was bringt, dann ist es das wert.*

»Also, was führt dich zu mir?«, fragte Beth, nachdem sie drei Gläser Wasser aus der Küche geholt und auf den kleinen Holztisch gestellt hatte. Jaxon war über die Gastfreundlichkeit der mürrisch wirkenden Dame verwundert, sie hatte nicht mal danach gefragt, ob sie überhaupt etwas trinken wollen würden.

»Erzähl du ihr, was passiert ist.«

Sandy wandte sich an Jaxon.

»Du hast das alles ja hautnah erlebt.«

Da er Sandy vertraute und sich zudem Antworten von dem Besuch bei dem Medium erhoffte, entschied er sich dazu, die volle Wahrheit zu erzählen. Er begann bei dem Zeitpunkt, an dem sie auf dem Campingplatz angekommen waren, und ließ die unwichtigen Dinge aus. Er erwähnte sowohl Franky, seine zweite Persönlichkeit als auch Gary, den Mann, der als erstes in der Mühle das zeitliche gesegnet hatte. Er musste sich überwinden, von den Momenten zu erzählen, in denen Natalia und Maxwell gestorben waren, doch er schaffte es schließlich – wenn auch mit Tränen in den Augen und dem Gefühl, innerlich zu zerreißen. Beth hörte aufmerksam zu, nickte ab und an, stellte aber keine Zwischenfragen. Bartholomäus Jonathan Siebenschwanz gab seine Meinung zu dem Ganzen nur mit einem brummeligen Miau kund. Als Jaxon mit seiner Erzählung geendet hatte, beobachtete er, wie sich der Kater zu einer Wasserschüssel schleppte und dort einen Schluck trank.

»Ich habe ja gleich gesagt, dass an diesem Ort mysteriöse Dinge geschehen werden. Aber mir wollte mal wieder niemand glauben, ich bin ja nur eine alte, verwirrte Frau.«

Jaxon musste ihr recht geben, tat das jedoch im Stillen. Er wollte die alte Dame nicht unterbrechen und schon gar nicht verärgern und war gespannt, was sie noch zu erzählen hatte. Sie sagte jedoch entgegen seiner Erwartungen nichts mehr, sondern stand auf und verließ stattdessen den Raum. Wenige Sekunden kehrte sie mit etwas zurück, was in ein lilafarbenes Stofftuch gewickelt war. Sie stellte es auf den Holztisch und nahm das Tuch langsam ab. Das, was zum Vorschein kam, beeindruckte Jaxon nicht gerade wenig. Es handelte sich um eine Glaskugel, sie schimmerte in einem weißen Schein und verteilte ihr angenehmes Licht im Raum. Jaxon hatte sowas immer für Unsinn gehalten, er war nie ein Fan von übernatürlichen Mächten oder gar dem Jenseits gewesen. Einmal hatte er, Natalia zu Liebe, einen Horrorfilm mit ihr und ein paar Freundinnen besucht - ein Erlebnis, auf das er besser verzichtet hätte. *Wobei alles besser wäre, wenn sie nur leben würde.* Er schluckte und versuchte so, die aufkommende Trauer wieder zu vertreiben. Im Augenwinkel sah er, wie Bartholomäus Jonathan Siebenschwanz hinter der alten Stoffcouch verschwand. Beth legte derweil ihre alten, vernarbten Hände auf die schimmernde Oberfläche der Glaskugel und begann, zu sprechen.

»Finstere Mächte aus dem Jenseits... ich möchte euch anrufen.«

»Dann greif doch zum Telefon«, murmelte Jaxon, allerdings so leise, dass Beth ihn nicht verstehen konnte.

Sandy hörte die Worte hingegen schon, sie stieß ihm ihren Arm in die Seite und warf ihm einen bösen Blick zu.

»Das ist eindeutig der falsche Moment, um Scherze zu machen«, zischte sie.

Er wunderte sich in diesem Moment, warum sie überhaupt noch mit im Raum war. *Hatte sie nicht gesagt, dass ich nur alleine reinkommen und mit Beth den Kontakt ins Jenseits aufnehmen kann? Genau damit hat sie mich ja auch erst davon abgehalten, Laura und Brenda davon zu erzählen. Wobei ich es Laura ja trotzdem erzählt habe.* Er wusste in diesem Moment nicht mehr, ob er Sandy voll vertrauen konnte, aber das war aktuell auch nicht wichtig.

»Leg deine Hand auf die Kugel.«

Beth sprach mit einem ruhigen Ton zu ihm. Sandy blieb auf dem Sofa sitzen und sah zu, wie er dem Befehl der alten Dame folgte und seine Hand auf die Glaskugel legte, deren Licht sich jetzt bereits im gesamten Raum ausgebreitet hatte und auch in die tiefsten Ecken gedrungen war. Zunächst passierte rein gar nichts. Nach etwa fünf Sekunden spürte Jaxon jedoch, wie sich etwas in seinem Inneren löste. Sein gesamter Körper fing zu kribbeln an, und wenig später hatte die magische Glaskugel seine Seele bereits eingesaugt. Schon Sekunden danach befand sich seine körperlose Hülle nicht mehr in der stickigen Hütte des Mediums, sondern in einer anderen, fremden Welt.

21

Eine Mischung aus vielen verschiedenen Farben empfing ihn in der Welt, die wohl das Jenseits zu sein schien. Das grelle Licht wandelte sich mehrmals, veränderte sich in Farbe, Form und Helligkeit. Irgendwann war das Farbenspiel jedoch vorbei, und die düstere Realität der fernen Welt empfing ihn. Er befand sich auf einem kargen Feld - es war kalt, das konnte er sagen, obwohl die Hülle seines Körpers die Außentemperatur nicht empfing. Er blickte sich um, drehte sich mehrmals um die eigene Achse. Dieser Ort kam ihm bekannt vor, und er vermochte nicht zu sagen, woher das Gefühl kam... bis ihm schließlich etwas ins Auge fiel. Die Mühle. Der Nebel, der sich mit jeder vergehenden Sekunde immer weiter lichtete, verlieh dem Bauwerk eine mysteriöse Note. Jaxon überlegte. Das Bild, was die Mühle abgab, passte nicht zu dem, was er sich bisher von selbiger gemacht hatte. Es sah fast so aus, als wäre er in der Zeit gereist. Er hatte ja mit vielem gerechnet, nachdem Sandy ihm davon erzählt hatte, das Medium aufzusuchen – doch mit so etwas überhaupt nicht. So wie es aussah, war er komplett allein, und sein Instinkt trieb ihn dazu, sich die Mühle mal genauer anzusehen. Er warf einen Blick durch den Gang, der ins Innere führte, und sah, dass er mit seiner Vermutung recht gehabt hatte. Alles sah neuer aus, fast so, als wäre es gerade erst errichtet worden. Jaxon drehte sich um, doch hinter ihm gab es nichts außer weites Feld zu sehen. Das *Camp Seaside* schien zu diesem Zeitpunkt in der Geschichte des Ortes noch nicht zu existieren. Braches Land, und mitten drin eben die alte Getreidemühle – mehr nicht. Plötzlich vernahm er ein Geräusch. Es handelte sich um das

Knarzen der Dielen, und als er sich wieder umdrehte, erkannte er einen Mann vor sich. Auf dem zweiten Blick musste er sich jedoch korrigieren. Dem Schemen nach zu urteilen, war das kein Mann, sondern ein Geist.
»Hallo, Jaxon.«
Die Stimme des Mannes klang seltsam blechern, fast so, als spräche er durch ein Mikrofon. Jaxon wusste, dass die Erscheinung nicht echt war. Andererseits war er das ja auch nicht – zumindest nicht in der Gestalt, die er angenommen hatte.
»Woher kennst du meinen Namen?«
Eigentlich war er über diesen Umstand nicht verwundert – das alles geschah nur in seinem Unterbewusstsein, aber dennoch wollte er wissen, was die Gestalt ihm zu erzählen hatte.
»Ich kenne die Namen aller Menschen, die an diesem Ort hier waren. Die, die hier gestorben sind, bleiben mir besonders gut in Erinnerung.«
»Aber... ich bin nicht tot«, sagte Jaxon.
»Was bist du denn sonst?«
Der Geist beäugte ihn skeptisch.
»Guck doch mal an dir herunter. Wir sind beide tot und schweben als Geister durch die Gegend.«
Jaxon wurde mulmig. Er ließ die Worte des Mannes einfach im Raum stehen, wollte sich dazu nicht mehr äußern.
»Nun, was machen wir hier?«
»Warum bist du hier?«
Der Geist beantwortete seine Frage nicht, sondern stellte stattdessen eine Gegenfrage. Jaxon gefiel das nicht. Er musste sich jedoch auf das Spiel einlassen, wenn er mehr über die Geschichte des Ortes erfahren wollen würde.
»Ich habe meine Freunde hier verloren. Es sind viele Menschen

gestorben... was ist die Ursache dafür? Wer ist die Gestalt im schwarzen Mantel?«

Der Geist zog sich am grün schimmernden Umhang, und plötzlich sah Jaxon, wie sich der schwarze Mantel um seine Gestalt legte und ihn komplett verbarg.

»Ich bin die Gestalt im Mantel. Ich bin der Wächter der Mühle.«

»Warum hast du so viele Menschenleben auf dem Gewissen?«

Jaxon versuchte, sein Anliegen möglichst direkt auf den Punkt zu bringen. Er wollte nicht um den heißen Brei herumreden, sondern wollte stattdessen einfach nur Fakten und Antworten.

»Komm mit, ich zeige dir mal was.«

Der Geist schwebte die Wendeltreppe hinauf, die, wie so ziemlich alles an diesem Ort, finster und mysteriös wirkte. Draußen war es derweil dunkel geworden, der Vollmond prangte am Himmel und warf sein weißes Licht auf das karge Feld. Jaxon war erstaunt, wie schnell die Zeit vergangen war – er hatte nur ein paar Worte mit dem Geist gewechselt, und plötzlich war es stockfinster. *In dieser Welt scheinen die Uhren anders zu ticken.* Der Wächter der Mühle schwebte immer weiter und Jaxon folgte ihm, bis sie schließlich die Stelle erreicht hatten, an der es nach draußen ging. Direkt gegenüber sicherte das Holzgeländer ab, dahinter ging es in die Tiefe. *Mitten ins Silo, dort, wo Gary sein Leben verloren hat. Der Sturz hat ihn wahrscheinlich nicht getötet... eher dieser Irre... Psychopath... Geist?* Jaxon konnte sich darauf keinen Reim machen. Er warf noch einen kurzen Blick in die Tiefe, ehe er dem Wächter folgte, der draußen bereits auf ihn wartete.

»Der Vollmond ist schön. Sieh doch nur, wie er sein Licht auf das Feld wirft.«

Der Blick auf den Mond und den dunklen Himmel, der von

Sternen gesäumt war, war wirklich atemberaubend.
»Was macht diesen Ort so grausam? Wie ist seine Geschichte?«
Plötzlich veränderte sich das Bild wieder. Der Geist hatte den schwarzen Mantel abgelegt, und Jaxon sah, wie dieser in die Tiefe flog und im Staub des Feldes verschwand.
»Es waren die Kinder.«
Die Stimme des Geistes klang ruhig und gefestigt.
»Sie... gottverdammt. Es war eine Mutprobe. Sie haben mich an den Flügeln der Mühle festgebunden und mich über Nacht allein gelassen. Ich habe diese Nacht nicht überlebt. Der Flügel konnte mein Gewicht nicht tragen, er hat sich nach vielen Stunden gelöst und ist mit mir auf das Feld gefallen. Das hatte mich jedoch noch nicht getötet. Ich lag dort, einsam und hilflos, mit gebrochenem Rückgrat auf dem Boden und bin nach vielen Stunden elendig verreckt.«
Jaxon schluckte. Er empfand nichts bei den Worten, die der Mann sagte – was aber wahrscheinlich an dem Zustand lag, in dem er sich gerade befand. Er war eine körperlose Hülle, eben der Teil, der es ins Jenseits geschafft hatte. Ein Jenseits, welches sich ihm als alte Getreidemühle präsentierte.
»Das tut mir leid.«
»Nein, das tut es dir nicht. Geister empfinden nichts.«
»Nun, okay. Aber warum tust du fremden Menschen das alles an? Du hast meine Freunde getötet.«
»Ich bin der personifizierte Tod.«
»Nein, du bist ein Geist, der sich nach Rache sehnt. Das verstehe ich... Aber ich verstehe nicht, warum du diese Rache bei Menschen ausübst, die nichts mit deinem Tod zu tun hatten.«
»Ich war dreizehn Jahre alt!«
Erneut wurde die Stimme des Geistes blechern, doch dieses Mal

konnte Jaxon die Wut spüren, die er in die Worte hineinlegte.
»Dreizehn Jahre!«
»Wie bist du überhaupt an diesen Ort zurückgekehrt?«
»Das lässt sich ganz einfach erklären. Meine trotteligen „Freunde" haben eine Art Ritual ausgeführt, bei dem sie mich zurückgeholt haben. Ich habe einen, Rufus, er war wirklich der größte Trottel von allen, dazu gebracht, die Teufelsfalle an die Wand des Eingangsbereiches zu zeichnen. Das hat er getan – mit seinem eigenen Blut. So wurde es mir zwar nicht möglich gemacht, meine Räumlichkeiten zu verlassen, aber ich hatte immerhin wieder eine Gestalt, eine Art Körper, in dem ich umher wandelte.«
Jaxon versuchte, die Informationen zu begreifen. Es ratterte in seinem Kopf, und wenige Sekunden später hatte er bereits alles archiviert.
»Durch deinen zugegebenermaßen wirklich guten Schuss, bei dem dem Penner der Kopf geplatzt ist, hat sich das Siegel geöffnet. Die Hirnmasse des Spinners hat den Kreis gebrochen. Jetzt bin ich endlich wieder frei.«
Die Mühle wurde von einem Beben erschüttert. Der Ort verschwamm immer mehr... und ehe Jaxon sich versah, bemerkte er wieder das gleißende Licht um sich herum. Wenige Sekunden später hatte er das Jenseits wieder verlassen.

22

Ein lautes Miauen von Bartholomäus Jonathan Siebenschwanz war das erste Geräusch, welches er nach seiner Ankunft wieder registrierte. Er fühlte sich gerädert und sein Kopf schmerzte, weshalb er sich erstmal auf dem Sofa zurücklehnte und tief durchatmete.
»Ist alles okay?«, fragte Beth und reichte ihm sein Wasserglas. Er leerte es mit einem Zug. Sein Kopf wurde wieder klarer, und das, was er eben im Jenseits gesehen hatte, wurde ihm vollends bewusst.
»Ja, ich denke schon«, murmelte er, bevor er Sandy und Beth all das erzählte, was er in der Mühle gesehen hatte.
»Ich habe mit so etwas gerechnet«, murmelte Sandy, woraufhin sie sowohl von Beth als auch von Jaxon skeptische Blicke erntete.
»Inwiefern?«
»Nun, du hast mir ja alles erzählt gehabt. Es war für mich klar, dass es sich um einen rachsüchtigen Geist handeln wird. Dass er jedoch jetzt sein Gefängnis verlassen hat, macht die Sache nicht einfacher.«
Sie machte eine kurze Pause, in der sie sich ihre nächsten Worte genau zu überlegen schien.
»Das Siegel, die Falle, die ihn bis zuletzt an seinen Todesort gefesselt hatte, ist zerstört worden. Ich glaube, ich muss euch nicht sagen, was das bedeutet.«
»Es wird auf jeden Fall drastische Konsequenzen zur Folge haben«, warf Beth ein.
»Oh ja. Wir müssen sofort dorthin zurück.«

»Was?«, fragten Jaxon und Beth fast wie aus einem Munde.
»Das ist viel zu gefährlich, Sandra.«
Beth versuchte es mit ruhiger Stimmlage.
»Wir können aber nicht zulassen, dass der Geist alles und jeden abschlachtet. Wenn wir nicht handeln, werden viele Menschen sterben, und das weißt du.«
»Du weißt aber doch gar nicht, mit was wir es zu tun haben, verdammt!«
»Es ist naheliegend, dass man den Geist töten kann, wenn wir seine sterblichen Überreste verbrennen. Das ist doch zumindest schonmal ein Anhaltspunkt. Ich weiß nicht, wo wir genau suchen müssen, aber es muss ja irgendwo dort ein Grab geben.«
»Ich würde euch dringend davon abraten. Ihr bringt euch nur selbst in Gefahr.«
»Wer soll den Geist denn sonst aufhalten?«
Sandy stützte sich an der Lehne des Sofas ab und zog sich so auf die Beine.
»Komm, wir müssen los. Wir haben schon fast zu viel Zeit verloren.«
»Ich weiß nicht, ob ich mitkommen möchte.«
Jaxon blieb auf der Couch sitzen und ließ sich das, was er gesehen hatte, nochmal durch den Kopf gehen. Zudem wollte er Sandys Reaktion darauf testen, dass er sich jetzt querstellte - er hatte das Gefühl, dass sie ihn ziemlich herumkommandierte, und das wollte er sich nicht bieten lassen.
»Dir bleibt keine andere Wahl«, sagte sie, und das war auch genau das, was er erwartet hatte.
»Ach ja? Ich denke wohl schon. Ich komme nicht mit.«
»Jaxon... du musst mich doch verstehen. Bitte. Es ist einfach sehr, sehr wichtig.«

»Warum ist dir das wichtig?«
Er zog eine Augenbraue hoch und sah sie eindringlich an. Sie konnte seinem prüfenden Blick lange standhalten und nahm das Wort schließlich wieder auf.
»Ich habe dir nicht die ganze Wahrheit erzählt.«
Jaxon hatte das bereits geahnt, sagte jedoch nichts, weil er gespannt war, was sie ihm noch so alles zu erzählen hatte.
»Ich bin von Beruf Geisterjägerin. Ich mache das nicht zum ersten Mal und weiß, wovon ich rede.«
Jaxon ließ seinen Blick schweifen. Beth nickte und bestätigte somit das, was Sandy eben gesagt hatte. Das alles ergab durchaus einen Sinn, der ihm nun nach und nach klarer wurde. *Officer Hering hat uns nicht einfach so zufällig in das Freeway Inn gebracht. Er hat uns dorthin gebracht, um seiner Frau von der Geschichte zu berichten, die wir ihm bei der Befragung erzählt haben. Dort hat er dann extra skeptisch auf uns gewirkt, um keinen Verdacht aufkommen zu lassen.* Wahrscheinlich hatte Sandy gar nicht vorgehabt, davon zu erzählen – doch nun hatte sie eben genau das getan. *Verfolgt sie einen größeren Plan?*
»Was müssen wir tun?«
»Wir müssen um jeden Preis zur Mühle zurück.«
Beth wollte erneut etwas dagegen einwenden, Sandy brachte sie jedoch mit einer Handbewegung zum Schweigen.
»Um dort das Grab der Gestalt aufzusuchen, die sich hoffentlich noch in ihrem Radius bewegt.«
»Wie meinst du das?«
»Geister sind häufig an die Orte gebunden, an denen sie gestorben sind. Oftmals gibt es dort irgendwelche Symbole... so wie das Siegel, von dem du erzählt hattest. Leider müssen wir aufgrund dessen vermuten, dass sich die Gestalt von der Mühle ent-

fernt und bereits Unheil angerichtet hat. Je eher wir also losfahren, desto größer ist unsere Chance, den Wahnsinn irgendwie zu stoppen, indem wir die sterblichen Überreste verbrennen.«
Jaxon musste das, was Sandy sagte, erst einmal verdauen. Beth sagte dazu auch nichts, weshalb Sandy nach einem Moment der Stille das Wort wieder übernahm.
»Danke, Beth.«
Sie umarmte die alte Dame flüchtig, und für Jaxon sah es fast so aus, als wären die beiden miteinander befreundet. Ihm war das aber vollkommen egal – das, was er zuvor gesehen hatte und die Worte von Sandy jagten ihm eine Gänsehaut auf den Rücken. Er sah sich noch ein weiteres Mal in der kleinen Hütte um, in der sich die alte Dame niedergelassen hatte und ihrer Tätigkeit als Medium nachging. Eigentlich hätte er über den Umstand, dass sie das stickige Gebäude wieder verlassen würden, erleichtert sein sollen. Doch zum einen graute es ihm vor dem, was sie vorhatten – und zum anderen wusste er nicht, ob er Sandy vollständig vertrauen konnte. Er verabschiedete sich ebenfalls von Beth und verließ wenige Sekunden später mit Sandy die Hütte. Den Weg zurück zum Jeep legten sie mit einem schnellen Gang zurück, Jaxon hatte jedoch Probleme, Sandy zu folgen. Die Verletzung seiner Rippen hatte sich über Nacht nicht gebessert, der Schmerz war weiterhin stechend und hinderte ihn daran, ein ordentliches Tempo an den Tag legen zu können. Daher war er umso erleichterter, als sie den Jeep endlich erreicht hatten. Sandy wirkte in sich gekehrt und fokussiert, sie sagte nichts und hatte den Motor bereits gestartet, bevor Jaxon sich angeschnallt hatte. Sie fuhr die Kurven so schnell, dass Jaxon sich festhalten musste. Als sie dann endlich den Highway erreicht hatten, drückte sie das Gaspedal durch und holte das

Maximum aus dem Jeep heraus. Die Landschaft zog an ihnen vorbei, und Jaxon spürte, wie sein Herz in seiner Brust erbarmungslos hämmerte. Er dachte einen kurzen Moment an Laura und Brenda und fragte sich, ob sie beide schon das Hotel verlassen hatten. Er hätte ihnen gerne noch eine Nachricht überlassen, wusste jedoch, dass das jetzt nicht mehr ging. Es war zu spät, und das wurde ihm so richtig klar, als sie mit einem Höllentempo am *Freeway Inn* vorbeifuhren und es hinter sich ließen. Jetzt gab es kein Zurück mehr.

Es dauerte weniger als eine Dreiviertelstunde, bis Sandy den Jeep in den kleinen Feldweg lenkte, der von hinten an die Mühle heranführte. Sie hatten zwischendurch eine kleine Pause in einer Haltebucht auf dem Highway einlegen müssen, da Sandy sich bezüglich des Tanks gehörig verschätzt hatte. Zum Glück hatte sie einen randvollen Ersatzkanister im Kofferraum deponiert gehabt, weshalb sie nur zwei Minuten brauchten, bis sie schließlich weiterfuhren. Jaxon hatte in der Zwischenzeit das Navigationssystem bedient und sich zusätzlich noch auf einer Karte, die er in der Tür des Jeeps gefunden hatte, umgeschaut. Es hatte etwas gedauert, bis er das Gelände des *Camp Seaside* und schließlich auch den Platz gefunden hatte, an dem er die Mühle vermutete. Sie war auf der Karte nicht eingezeichnet, was Jaxon jedoch nicht verwunderte. Es handelte sich eben nur um eine gottverdammte Mühle. Als er diese jedoch langsam im Schatten des vor ihnen liegenden Gestrüpps auftauchen sah, zog sich sein Magen zusammen. Diesen Ort würde er für immer mit dem Tod verbinden, und er wusste nicht, warum er jetzt überhaupt hier war. Sandy parkte weit abseits und schaltete den Motor aus. Kurz darauf stiegen beide aus dem Jeep aus.

»Ich glaube, ich sollte hierbleiben«, murmelte Jaxon.

»Ich habe mir gestern 'ne Rippe gebrochen oder so. Ich bin noch nicht auf dem Damm für so eine gefährliche Mission.«
»Du musst aber mitkommen.«
Sandys Tonlage duldete keinen Widerspruch.
»Ohne dich schaffe ich das nicht.«
Jaxon ging ihr befehlshaberischer Ton langsam gegen den Strich. Er konnte seine Emotionen nun nicht mehr zurückhalten, drehte sich zu ihr und sagte:
»Einen Scheiß muss ich. Ich werde jetzt nicht zum dritten Mal mein Leben riskieren, indem ich in diese gottverdammte Mühle reingehe.«
»Oh doch, das wirst du. Da bin ich mir ganz sicher.«
Sandy griff plötzlich in die Hintertasche ihrer Jeanshose und zog eine Handfeuerwaffe hervor. Sie zögerte keine Sekunde lang und betätigte sofort den Abzug. Jaxon spürte, wie die Kugel in seine Schulter eindrang und eine tiefe, blutende Wunde hinterließ. Kurz darauf verlor er das Bewusstsein und sackte auf dem Waldboden zusammen.

23

Noch bevor er die Augen aufschlug, hatte der Schmerz das Epizentrum seines Gehirns erreicht und sich dort gnadenlos ausgebreitet. Jaxon stöhnte auf, biss sich auf die Zunge und verfluchte sich dafür, dass er nicht einfach im Hotel geblieben war. Als er dann schließlich zögernd das linke Auge öffnete, sah er, dass er sich noch immer mitten im Wald befand. Von Sandy war nichts zu sehen, doch der Jeep stand noch genau an der Stelle, an der sie ihn abgestellt hatte. *Ich dachte, sie braucht mich so dringend?* Er versuchte, irgendwie auf die Beine zu kommen, und schaffte das schließlich, indem er zu dem Jeep, der nur wenige Schritte von ihm entfernt geparkt stand, robbte und sich am Türgriff hochzog. Gefühlt jede einzelne Faser seines Körpers bereitete ihm unfassbare Schmerzen, und er wusste nicht, was er als nächstes tun sollte. Er musste weg von diesem Ort, weg von der Mühle. Doch wo sollte er hin? Es gab nur eine einzige Möglichkeit. *Ich muss zum Campingplatz. Die können dort sicher einen Krankenwagen rufen und mich ein für alle Mal von hier wegbringen.* Unverletzt hatte er für den Weg eine knappe halbe Stunde gebraucht, und dieser Umstand sorgte dafür, dass eine erneute Schmerzwelle seinen Körper durchzuckte. Er würde mindestens das doppelte, ja, vielleicht sogar das dreifache der Zeit benötigen, bis er dort angekommen sein würde. Und er wusste nicht, ob er das auch wirklich schaffen würde. Er seufzte auf, lehnte sich zurück und ließ sich so weit an der Autotür herunterrutschen, bis er auf dem Boden angekommen war. *Sandy hat mir das angetan. Ich habe ihr vertraut.* Doch dann kam noch ein anderer Gedanke in seinen Kopf. *Wenn sie mich hätte töten wollen, hätte sie das ohne Probleme tun können. Sie schien mich bewusst am Leben gelassen zu haben.* Er konnte sich den Umstand nicht erklären. Im nächsten Moment entschied er sich dazu, sein T-Shirt auszuziehen und seine Verletzung zu begutachten. Der Blutfluss war bereits größtenteils abgeebbt, doch der Anblick der Wunde verursachte ein heftiges Schwindelgefühl in ihm. Er musste erneut tief durchatmen, und versuchte so, langsam wieder zu Sinnen zu kommen. Außer dem Zirpen der Grillen im nahen Feld und einem Rascheln, welches ab und an durch größere Vögel, die sich durch das Gestrüpp kämpften, verursacht wurde, war nichts zu hören. Die Sonne brannte vom Himmel herunter, es war wieder sehr warm geworden. Vom nächtlichen Regen war nichts mehr zu sehen, das Wasser war bereits tief in den Boden gesickert und hatte, zumindest an der Stelle, an der der Jeep geparkt stand, keine Spuren hinterlassen. Jaxon lehnte sich zurück und schloss die Augen. Er spürte, wie er von Sekunde zu Sekunde müder wurde... die Position, in der er, an den Jeep gelehnt dort saß, war zwar keine bequeme, doch er fühlte sich zu schwach, um wieder aufzustehen. Irgendwann war der Schmerz dann so weit erträglich geworden, dass er sich entspannen konnte. Wenige Sekunden später war er bereits eingenickt.

»Mister?«
Eine Stimme drang zu Jaxon vor. Er konnte sie nicht identifizieren, weshalb er seine Augen aufschlug und mehrmals blinzelte. Vor ihm stand ein Mann in einem dunkelblauen Hemd. Er trug eine Sonnenbrille und hatte sich zu ihm heruntergebeugt. Das Aussehen des Mannes und die aufgestickten Logos auf dem Hemd verrieten Jaxon, dass er ein Sanitäter sein musste.

»Was ist passiert?«
»Eine Dame hat uns angerufen und einen Verletzten gemeldet. Dabei muss es sich wohl um Sie handeln.«
Der Mann griff in die Brusttasche seines Hemdes und holte einen Notizblock hervor.
»Miss Sandra Hering. Sagt Ihnen der Name etwas?«
Sandy. Erst feuert sie mir eine Kugel in die Schulter, dann holt sie einen Rettungswagen. Das passt doch alles nicht zusammen.
»Ja, der Name sagt mir etwas.«
Jaxon biss sich auf die Zähne, als er spürte, wie eine erneute Schmerzwelle seinen Körper durchzuckte. Er verfluchte Sandy dafür, dass er nicht wusste, was ihre Mission war und was sie verdammt nochmal von ihm wollte. Die Aufregung rief dann allerdings wieder seine gebrochene Rippe auf den Plan, weshalb er aufstöhnte, seinen Kopf gegen den großen Reifen des Jeeps lehnte und die Augen erneut schloss. *Ich bin ein körperliches Wrack.*
»Können Sie aufstehen?«
Der Sanitäter reichte ihm seine Hand, und Jaxon nahm diese dankend entgegen. Es war ein Kraftakt, wieder auf die Beine zu kommen, doch er schaffte es nach einiger Zeit.
»Danke«, murmelte Jaxon.
»Danke für Ihre Hilfe.«
»Das ist doch mein Job.«
Der Mann warf ihm durch die dunkle Sonnenbrille ein sympathisches Lächeln zu.
»Lassen Sie mich nun mal Ihre Verletzung betrachten.«
Er zog vorsichtig den Ärmel von Jaxons T-Shirt hoch und warf nun seinerseits einen Blick auf die Wunde.
»Das ist aber seltsam«, murmelte er nach wenigen Sekunden.

»Was denn?«, fragte Jaxon.
»Das war ein glatter Durchschuss. Sie haben dafür allerdings erstaunlich wenig Blut verloren... zumindest anhand dessen zu urteilen, dass ihr T-Shirt kaum verschmutzt ist.«
Jaxon wusste nicht, was er mit den Worten anfangen sollte, weshalb er einfach nickte.
»Okay, und nun?«
»Ich lege Ihnen eben einen Verband an. Danach kann ich Sie gerne mit ins Krankenhaus nehmen, wenn Sie denn möchten.«
»Nein, danke, das geht schon so. Ich wäre Ihnen nur dankbar, wenn Sie mich vielleicht zum Campingplatz bringen könnten. Ich weiß, der Weg ist nicht weit... aber ich fürchte, ich bin nicht gut auf den Beinen.«
»Aber natürlich. Los, kommen Sie mit.«
Jaxon folgte dem Mann und ließ Sandys Jeep hinter sich. Der Rettungswagen stand hinter einem Busch geparkt, so, dass Jaxon ihn erst sehen konnte, als sie das Gestrüpp umrundet hatten. Ein zweiter Mann stand neben dem Wagen, er hatte eine Zigarre im Mund und blies den weißen Rauch in unregelmäßigen Abständen in die Luft.
»Guter Zustand«, sagte der Mann mit der Sonnenbrille nur zu seinem Partner.
»Patient wünscht, dass wir ihn zum Campingplatz bringen. Der liegt ja direkt hinter der nächsten Kurve.«
»Okay, alles klar.«
»Warten Sie kurz hier«, meinte er nun zu Jaxon.
»Ich hole eben einen Verband.«
Jaxon blieb vor dem Rettungswagen stehen und wartete, bis der Sanitäter mit einem Verband wiederkam. Er stöhnte kurz auf, als der Stoff seine Wunde berührte und biss die Zähne zusam-

men, als der Mann sie verband.
»Kommen Sie, wir fahren Sie eben rum«, sagte der Mann, der ihn zuerst gefunden hatte.
Kurz darauf öffnete er die Tür, die in den hinteren Bereich des Fahrzeuges führte. Jaxon erkannte an der Seite einen Sitz mit blauem Polster und einem Gurt.
»Die Fahrt dauert nicht lange. Nehmen Sie eben hier Platz, wir lassen Sie dann bei der Rezeption raus.«
»Vielen Dank nochmal.«
Jaxon nickte dem Mann freundlich zu.
»Gern geschehen.«
Mit diesen Worten schloss der Mann die Doppeltür und ließ Jaxon alleine. Wenig später wurde auch schon der Motor gestartet, ehe der Krankenwagen den Platz vor der Mühle verließ. Von der Decke des Fahrzeuges brannte ein schwaches Licht, welches den Bereich nur spärlich ausleuchtete. An der Seite lag eine zusammengefaltete Trage, die mit einem orangenen Sicherungsgurt festgezurrt war. Der Bereich sah fast so aus wie ein kleines Krankenzimmer. An den Wänden gab es mehrere Verbandskästen und Erste-Hilfe-Koffer, einer der Kästen war geöffnet und klapperte bei jeder Unebenheit im Asphalt. Jaxon fühlte sich schon besser als zuvor, seine Wunde pochte und schmerzte zwar etwas, doch er hatte scheinbar ziemlich viel Glück gehabt. *Ich bin nicht so leicht kaputt zu kriegen.* Dann jedoch schweiften seine Gedanken wieder in eine andere Richtung ab. *Was soll ich machen, wenn ich auf dem Campingplatz angekommen bin?* Tief in seinem Inneren hoffte er, dass er auf Laura treffen würde – und das war ja auch gar nicht mal so unwahrscheinlich. Sie hatte erzählt, dass sie dorthin zurückkehren wollte, und es war immerhin sein Wagen, mit dem sie überhaupt

zu ihrem Urlaub auf dem *Camp Seaside* aufgebrochen waren. *Ein Urlaub, der sich zu einer absoluten Höllenfahrt entwickelt hat.* Er spürte, wie die Tränen in seinen Augen aufstiegen. Begünstigt durch den Schmerz und die verzwickte Lage, in der er sich nun mal befand, ging das alles etwas schneller. Gerade, als er sich wieder entspannt hatte, hielt der Rettungswagen an. Die Tür wurde geöffnet und er verabschiedete sich von den beiden Männern, die ihn direkt vor dem Anmeldehaus auf dem Campingplatzgelände herausließen. Er sah dem Krankenwagen, der ohne Martinshorn die Auffahrt herunter im Wald verschwand, so lange hinterher, bis das Fahrzeug hinter den Bäumen verschwunden war. Die ersten Schritte fühlten sich unangenehm an, hier auf freier Fläche brannte die Sonne noch erbarmungsloser vom Himmel als im Schatten des Jeeps hinter der Mühle. Dort war es durch den nahen Wald wenigstens etwas angenehmer gewesen – hier war es absolut unerträglich. Jaxon geriet bereits nach wenigen Metern ins Schwitzen. Es war kaum etwas los auf dem Campingplatz. Er sah nur vereinzelte Menschen, darunter eine Frau, die einen Rauhaardackel an der Leine führte. Sie warf ihm einen komischen Blick zu, und er konnte ihr das nicht verurteilen. Er wollte gar nicht wissen, was für einen Anblick er in diesem Moment abgab. Ein Auto fuhr laut hupend an ihm vorbei, er zuckte zusammen und wich von der Straße. Nach einer gefühlten Ewigkeit hatte er die Zeltwiese schließlich erreicht. Von weitem sah er bereits seinen blauen Toyota neben den beiden Zelten stehen. Plötzlich tauchte ein Schatten aus einem der Zelte auf – es handelte sich um Laura, das konnte er allerdings erst sehen, als sie aufs das Zelt verließ und auf den Grasboden trat. Sie packte alle Sachen zusammen und wirkte tief in sich versunken. Jaxon erhöhte sein Tempo, zumindest so

weit es ging, und hatte sie bald erreicht.
»Hey.«
Sie zuckte zusammen, als er langsam das Wort erhob.
»Jaxon? Ich habe dich gar nicht kommen gehört.«
Sie verzog das Gesicht, als sie das getrocknete Blut auf dem Stoff seines T-Shirts entdeckte.
»Ist dir was passiert?«
Ihre Stimme klang besorgt. Von ihrer Auseinandersetzung am Morgen war nichts mehr zu hören, keine Vorwürfe in ihrer Stimme, nichts. Jaxon verspürte eine gewisse Art der Erleichterung, die jedoch schnell von der bedrückten Stimmung des Moments vertrieben wurde.
»Ich wurde angeschossen. Wir sollten unsere Sachen zusammenpacken und schnell von hier verschwinden. Kannst du fahren?«
Laura nickte.
»Klar. Mich hält hier sowieso nichts mehr. Ich bin mit dem Taxi hier, ich gehe dann mal eben zum Fahrer, bezahle, und sage ihm, dass ich allein von hier wegkomme.«
Sie drehte ihm den Rücken zu und wollte gerade wieder verschwinden, doch Jaxon konnte sie noch zurückhalten.
»Es tut mir leid. Das, was vorhin und gestern passiert ist.«
»Alles okay, Jax. Du hast nichts falsch gemacht.«
Mit diesen Worten ließ sie ihn allein und auch etwas ratlos bei den Zelten zurück. Nach ein paar Sekunden, die er dazu benötigt hatte, den Moment einzuordnen, bückte er sich und machte sich daran, die Zelte abzubauen. Das dauerte etwas länger, da er immer noch mit seinen Schmerzen zu kämpfen hatte. Die Heringe steckten tief in der Erde, es nötigte ihm einiges an Kraft ab, sie herauszubekommen. Umso erleichterter war er, als er es

geschafft und alles im Kofferraum verstaut hatte. Genau in dem Moment kam Laura auch zurück.

»So ein Taxi ist wirklich verdammt teuer«, murmelte sie.

Jaxon versuchte, sich ein Grinsen aufzusetzen. Bevor er die Klappe des Kofferraumes zuschlug, warf er noch einen letzten Blick hinein. Er wusste nicht, warum er das getan hatte – doch vermutlich wäre es besser gewesen, das dicke Bündel Geldscheine, welches direkt hinter dem Warndreieck in der Seitenklappe des Kofferraums steckte, erst später zu entdecken. Denn dieser Anblick setzte ihm so zu, dass er ein paar Sekunden brauchte, um alles zu verarbeiten. Sekunden, die über Leben und Tod entschieden.

24

Sie hatte sich den Moment genau zurechtgelegt – schon während der langen Fahrt hatte sie alle Möglichkeiten ins Auge gefasst. Dass Jaxon sich jedoch so querstellte, nachdem sie die Mühle erreicht hatten und kurz davor standen, den letzten, notwendigen Schritt zu gehen – nein, damit hatte sie zugegebenermaßen nicht gerechnet. Sie hatte die Kugel absichtlich an eine Stelle gefeuert, an der sie ihn nicht großartig verletzen würde. Den Notruf hatte sie nur zur Sicherheit gewählt, vermutlich würde er nicht mal mehr ärztliche Hilfe benötigen. Nach einer halben Stunde hatten ihn die Sanitäter bereits erreicht gehabt. Der Schritt, der ihr das größte Kopfzerbrechen während der Fahrt bereitet hatte, war somit auch abgehakt. Sie hatte sein Blut dazu gebraucht, um das Siegel an der Wand wieder zu vervollständigen, was sie dann auch getan hatte. In der Mühle war sie auf niemanden getroffen, weshalb sie ihre Mission in aller Ruhe hatte zu Ende bringen können. Ein heftiger Ruck war durch die alte Getreidemühle gegangen, und das Siegel hatte sich in ein helles Licht verwandelt. Sandy wusste, dass sie damit ein Portal ins Jenseits geöffnet hatte – und ihr Ziel war es, die Gestalt, die im schwarzen Mantel durch die Gegend streifte und scheinbar wahllos tötete, dort hineinzustoßen. Dazu musste sie sie aber erst einmal finden, und das könnte schwer genug werden. Sie waren zu spät gekommen, die Gestalt hatte ihr ursprüngliches Revier, die Mühle, bereits verlassen. Sandy schluckte den Kloß herunter, der sich bei dem Gedanken daran, dass sich der personifizierte Tod frei durch die umliegenden Wälder und den Campingplatz bewegen konnte, gebildet hatte. Sie bekam eine

Gänsehaut. Dieser Weg war die einzige Alternative - auf die Schnelle hatte sie kein Grab gefunden, und sie hatte nicht die Zeit, weiter danach zu suchen. Sie hatte bereits mehr als genug Zeit verschwendet und nahm die Waffe wieder fester in die Hand. Nach dem Schuss auf Jaxon hatte sie ihren Griff etwas gelockert, da sie bereits damit gerechnet hatte, allein in der Mühle zu sein. Nun blickte sie noch einen Moment lang auf das helle Licht, ehe sie sich abwandte. Sie hoffte inständig, dass innerhalb der nächsten Stunde kein Mensch diesen Ort aufsuchen würden. Wirklich viel hatte die Polizei nicht getan, um die Mühle abzusichern. Schwarzgelbes Absperrband war hier und da an einigen Stellen angeklebt, doch vieles hatte das Gewitter in der Nacht bereits zerstört. Sandy hatte sich selbst problemlos Zutritt verschaffen können, weshalb sie vermutete, dass es auch andere, unbeteiligte Menschen nicht abhalten würde. Genau deshalb hatte sie ein schlechtes Gefühl im Magen, als sie die Mühle verließ und sie mit jedem Schritt weiter hinter sich ließ. Sie wusste natürlich nicht mit Sicherheit, wo sie suchen sollte. Doch die Möglichkeit, dass der Tod sich seinen Weg durch die Felder bis zum Gelände des Campingplatzes gebahnt hatte, war für sie die Plausibelste – und zugleich auch Schrecklichste. Sie wusste in diesem Moment nicht, was besser war: entweder, sie lag damit im Recht, und viele Menschen waren bereits in dieser Sekunde in Gefahr, oder aber sie tappte im Dunkeln und müsste dann ihre Suche auf die angrenzenden Wälder ausweiten. Beides wäre im jeweiligen Sinne eine Katastrophe mit schwerwiegenden Folgen. Sie musste sich einen Plan zurechtlegen. Mit der Waffe, die sie bei sich trug, konnte sie bei der Gestalt keinen Schaden anrichten. Die Kugeln würden maximal den schwarzen Umhang durchlöchern, doch das Wesen darunter würde unbeschadet davonkommen und dadurch sogar eher noch stärker werden. Sie hätte maximal ein paar Minuten Zeit dadurch... aber es musste eine andere Lösung geben, denn so würde sie das Problem nur weiter aufschieben. *Ich muss es irgendwie schaffen, ihn wegzulocken. Zurück zur Mühle.* Während sie den engen Feldweg entlang schritt und versuchte, sich möglichst im Schatten der hochwachsenden Maispflanzen zu halten, zerbrach sie sich den Kopf darüber, wie sie das anstellen sollte. Etwa zwanzig Minuten später, in denen sie ab und an sogar gelaufen war, hatte sie den Campingplatz erreicht. Ihr Instinkt führte sie zunächst an dem Anmeldehaus vorbei die Straße hinunter. Hier gab es keine Bäume mehr, die ihr Schatten spendeten – der Wald lag weit entfernt zu ihrer rechten. Sie geriet schneller ins Schwitzen, als es ihr lieb war, ließ sich davon aber nicht beirren. Wenige Minuten später hatte sie eine Zeltwiese erreicht, auf der nur wenige Autos parkten. Was sie sah, ließ sie jedoch stutzig werden. Jaxon stand hinter der geöffneten Kofferraumklappe eines blauen Toyotas – direkt dahinter eine der beiden Frauen, die gemeinsam mit ihm am gestrigen Abend ins *Freeway Inn* eingecheckt hatte. Und dahinter... ehe sie wirklich begreifen konnte, was dort gerade geschah, hatte der Tod bereits das erste Mal mit der messerscharfen Sichel ausgeholt, die er in der Hand trug.

Jaxon sah das Blut, welches auf sein T-Shirt spritzte, und drehte sich ruckartig um. Die Gestalt im schwarzen Mantel, der Wächter der Mühle, stand direkt hinter ihnen – und er hatte seine Sichel so fest in die Schädeldecke von Laura gerammt, dass sie komplett gespalten worden war. Blut lief aus ihrem vor Schock geöffneten Mund und sickerte auf den Grasboden hinter dem

Toyota. Jaxon duckte sich und versetzte der Gestalt einen Tritt, der sie von den Beinen holte.

»Pass auf!«

Die Stimme von Sandy drang zu ihm herüber. Er konnte und wollte sich in diesem Moment keine Gedanken darüber machen, war jedoch schon überrascht, dass sie plötzlich hier war. Der Wächter der Mühle holte erneut mit der Sichel aus, und Jaxon konnte seinen Fuß gerade noch rechtzeitig wegziehen, sodass die Sichel im Gras hängenblieb. Er warf einen Blick zu Sandy herüber. Sie fuchtelte mit der Waffe herum, schoss jedoch nicht – sie wusste scheinbar auch, dass Kugeln nichts bringen würden. Jaxon taumelte ein paar Schritte zurück und prallte gegen das Wohnmobil, das noch immer auf dem Stellplatz stand, neben dem sie ihre Zelte aufgebaut hatten. Sein Blick schwenkte erneut zu Laura, die in ihrem eigenen Blut tot auf dem Boden lag. Er schluckte und verlor für einen Moment die Konzentration und den Fokus – zum einen, weil er wieder spürte, wie sich die verschiedenen Schmerzen, die er hatte, zu einem gemeinsamen Höhepunkt steigerten. Und zum anderen, weil er hörte, wie die Tür des Wohnmobils plötzlich geöffnet wurde. In diesem unachtsamen Moment verschaffte sich der Wächter einen Vorteil, kam einen Schritt auf Jaxon zu und brachte ihm nach einem erneuten Schlag mit der Sichel zu Boden. Seine Schädeldecke schien zu explodieren, doch die Klinge war glücklicherweise nicht durch sie gedrungen, sondern hatte sie nur gestreift.

»Bleiben Sie, wo Sie sind!«

Sandys aufgeregte Stimme drang durch die Umgebung, ehe ein lauter Schuss die Stille zerriss.

25

»Mathilde?«
Jaxon blickte in das Gesicht der alten Dame, die, mit einem 45er Colt, aus dessen Mündung noch Rauch in die Luft stieg, bewaffnet im Türrahmen des Wohnmobils stand.
»Ja, ich bin es.«
Sie senkte ihren Blick zu der Gestalt, die reglos am Boden lag.
»Was nun?«
Jaxon wandte sich an Sandy. Als sie direkten Blickkontakt hergestellt hatten, wurde ihm wieder klar, was sie ihm angetan hatte.
»Und hey, was sollte...«
»Ich erzähle dir davon, wenn wir diese Gestalt ins gottverdammte Jenseits befördert haben. Aber glaub mir, aktuell gibt es Wichtigeres.«
Sie beugte sich herunter und begutachtete die Stelle, an der die Kugel durch den Stoff des Umhanges eingedrungen war.
»Gute Arbeit«, meinte sie an Mathilde gewandt.
»Das verschafft uns etwas Zeit.«
»Ist der Mistkerl etwa nicht tot?«
Mathildes Stimme klang krächzend.
»Er... hat das Gary angetan. Ich habe euren Kampf eben aus dem Wohnmobil heraus beobachtet. Als ich dann die Sichel gesehen habe, war ich mir sicher.«
»Wir haben es hier leider mit keinem Menschen zu tun«, murmelte Sandy.
»Also nein, der Mistkerl ist nicht tot. Noch nicht. Wir werden ihn allerdings gleich an einen Ort bringen, von dem er nie wie-

der zurückkehren wird.«
»Kein Mensch? Was ist denn überhaupt los?«
»Sie stehen in meiner Schuld«, meinte Sandy.
»Oder besser gesagt in deiner.«
Jaxon konnte den Blick, den sie ihm zuwarf, nicht deuten.
»Hilf mir bitte, den Körper in den Kofferraum zu hieven. Wir müssen ihn zurück zur Mühle bringen.«
»Und dann?«
»Vertrau mir doch einfach mal.«
»Du hast mir eine Kugel in die Schulter gefeuert! Wie soll ich dir da bitte einfach so vertrauen?«
Sandy stöhnte hörbar auf.
»Du bist ziemlich nachtragend. Es war notwendig und ich werde dir alle Fragen beantworten, wenn wir in Sicherheit sind. Aber vorher muss ich noch was erledigen.«
Sie bückte sich und nahm der Gestalt die blutverschmierte Bauernsichel aus der Hand.
»Gut. Ich hoffe, du verschwindest danach einfach aus meinem Blickfeld.«
Jaxon machte aus seiner Abneigung keinen Hehl. Er fand Sandy furchtbar selbstgefällig und arrogant, zudem machte sie die Tatsache, dass sie ihn ohne weiteres angeschossen hatte, gefährlich. *Ein letztes Mal vertraue ich ihr aber jetzt. Für Natalia. Maxwell. Und Laura.* Er sah seine Freunde vor seinem inneren Auge und spürte Tränen in sich aufsteigen. Er hatte sie nun alle verloren – und ärgerte sich darüber, dass er in den jeweils entscheidenden nicht besser gehandelt hatte. Laura wäre noch am Leben gewesen, wenn er direkt stutzig über das Geldbündel gewesen wäre. Er ging langsam um sein Auto herum und blickte nun erneut hinein. Es handelte sich, wie erwartet, um die Zehn-

tausend Dollar Scheine, die sie in der Eisenkiste in der Mühle gefunden hatten.
»Mach den Kofferraum leer. Wir müssen ihn verstauen.«
Jaxon räumte die Zelte und alles weitere an Gepäck heraus und warf die Dinge achtlos auf den Boden. Er fühlte sich emotional komplett ausgelaugt, die Tränen, die er eben verloren hatten, waren zwar wieder getrocknet, aber die schockartige Lähmung, die seinen Körper überzogen hatte, war noch immer da. Er fühlte sich nicht bereit dazu, den letzten Schritt zu gehen – wusste aber, dass er es sein musste, da er unmöglich zulassen konnte, dass die Gestalt weiterhin schier wahllos mordete.
»Wenn ich euch irgendwie helfen kann...«
Mathilde meldete sich zu Wort und kam aus dem Wohnmobil getreten.
»Das ist wirklich nett von Ihnen. Aber das Einzige, was Sie tun können, ist, hierzubleiben und auf die Cops zu warten, die ich gleich rufen werde. Wir haben ja leider eine Tote.«
Sie klang gefühllos, fast so, als würde ihr das, was gerade geschehen war, nicht im Geringsten etwas ausmachen. *Sie scheint einfach nur verdammt gefühlskalt zu sein. Vielleicht hat sie schlechte Erfahrungen gemacht oder schon sehr viele, schlimme Dinge erlebt.* Sie holte ihr Handy hervor, tippte den Notruf und informierte die Polizei kurz, was geschehen war. Danach steckte sie das Mobilgerät wieder weg und wandte sich an Jaxon.
»Soll ich fahren oder möchtest du?«
Jaxon fühlte sich nicht fit, weshalb er ihr seinen Autoschlüssel zuwarf.
»Danke. Komm, wir sollten den Mistkerl jetzt im Kofferraum verstauen.«

Jaxon fasste die Gestalt an den Füßen an. Der reglose Körper war schwerer, als er gedacht hatte, und es fiel ihnen zunächst schwer, ihn zu verstauen. Zwei Minuten später hatten sie es jedoch geschafft, und Jaxon schlug die Kofferraumklappe laut zu.
»Wie viel Zeit haben wir?«
Sandy zuckte mit den Schultern.
»Ich weiß es nicht. Vermutlich aber nur wenige Minuten.«
»Ich dachte, du machst sowas beruflich?«
»Jeder Geist tickt anders, doch sie alle haben einen Schwachpunkt. Meist sind es persönliche Überreste, die in der Nähe des Sterbeortes liegen. Aber in diesem Fall haben wir das Siegel, welches nun wieder voll intakt ist. Hinter diesem Siegel befindet sich ein Portal ins Jenseits.«
Sandy startete den Motor und legte den Rückwärtsgang ein. Sie verließen die Zeltwiese und steuerten die Straße an, die sie vom Campingplatz herunterführte.
»Wie hast du das geschafft? Ich dachte, das Siegel wäre gebrochen.«
»Das war es auch.«
Sie ließ sich einen Moment Zeit, ehe sie weitersprach.
»Ich musste es reparieren. Und zwar mit deinem Blut. Daher nochmal sorry für den Schuss. Aber es war einfach notwendig in dem Moment.«
Jaxon wusste nicht, was er sagen sollte. Er verspürte weder Wut, Trauer oder Verständnis, in seinem Kopf herrschte einfach nur eine dumpfe Leere.
»Du hättest mich fragen können. Ich wäre sicherlich damit einverstanden gewesen, und wir hätten das gemeinsam erledigen können. Vielleicht wäre Laura dann auch noch am Leben.«

»Ach, wärst du das wirklich gewesen? Ich glaube nicht. Und das mit deiner Freundin... das tut mir leid.«
Und wieder war da etwas in ihren Worten, was Jaxon das bestätigte, was er bereits vorhin gedacht hatte. *Sie ist absolut kalt.*
»Sie war nicht meine Freundin.«
Sandy beschleunigte den Wagen, da sie nun die Ausfahrt des Campingplatzes erreicht hatten. An deren Ende bog sie nach rechts in den Wald ab, und Jaxon spürte, wie er sich immer wieter im Sitz versteifte. Ihm wurde übel bei dem Gedanken daran, dass sie die Kofferraumklappe gleich wieder öffnen würden, und er hoffte, dass die Gestalt noch nicht wieder bei Bewusstsein sein würde.
»Bist du dir sicher bei dem, was wir tun?«
Sandy hatte nichts mehr gesagt, aber da Jaxon die Stille als bedrückend empfunden hatte, hatte er sie schnell durchbrechen wollen.
»Natürlich. Ich habe viel Erfahrung damit. Meine Eltern... Gott habe sie selig... haben mich bereits früh in die Kunst der Geisterjagd eingeweiht.«
Während Sandy in den kleinen Feldweg einbog, der direkt zur Mühle führte, spürte Jaxon, dass er scheinbar einen wunden Punkt erreicht hatte. Ihre Stimme klang nicht mehr so kalt wie zuvor – zudem waren ein paar Tränen in ihren Augen aufgestiegen.
»Was ist mit deinen Eltern passiert?«
»Das ist eine Sache für später.«
Ihre Augen glitzerten.
»Ich würde dich gerne hiernach auf einen Kaffee einladen. So als Wiedergutmachung. Okay?«
Jaxon nickte.

»Okay.«
Sandy stellte den Motor ab, als der Toyota direkt vor der Mühle stand. Jaxon konnte direkt sehen, dass etwas anders war. Erst wenige Sekunden später wusste er auch, was es war. Aus dem bogenförmigen Durchgang, der ins Innere der Mühle führte, leuchtete ein strahlend helles Licht, die Strahlen trafen auf das Gras und reflektierten in alle Richtungen. Er verlor sich in dem Licht, welches in abertausenden Farben leuchtete, und konnte seinen Blick kaum abwenden... bis ihn ein plötzlich auftretendes, lautes Poltern aus dem Kofferraum wieder in die grausame Realität zurückholte.

26

»So ein Mist«, murmelte Sandy, die das Poltern erst etwas später als Jaxon wahrgenommen hatte.
»Nun, dann muss ich wohl noch eine Kugel in den Typen feuern.«
Bevor sie ausstieg, griff sie sich an die Hosentasche. Sie stutzte, und Jaxon konnte sehen, wie sich der Ausdruck in ihren Augen in eine Art Panik verwandelte.
»Scheiße. Meine Waffe ist weg.«
»Was?«
Jaxon starrte sie mit aufgerissenen Augen an.
»Ich habe sie auf der Zeltwiese vergessen.«
»Das ist nicht dein Ernst.«
»Warum sollte ich jetzt Scherze machen?«, grummelte sie zurück.
»Wir müssen da wohl so durch. Warte einfach hier im Auto.«
»Du willst das alleine machen?«
»Du bist ja nicht so gut auf den Beinen.«
Als ob sie es mit ihren Worten heraufbeschworen hätte, spürte Jaxon erneut die Schmerzen, die seinen gesamten Körper plagten. Noch dazu hämmerte sein Herz wild in seiner Brust und seine Hände waren schweißnass.
»Hast du einen Plan?«
Sandy hatte bereits die Tür des Toyotas geöffnet und war ausgestiegen.
»Na ja, ich muss diesen Mistkerl nur in die Mühle locken und ihn dann in das Portal stoßen. So schwer dürfte das ja wohl nicht sein.«

Sie drehte sich um, schlug die Fahrertür laut zu und ließ Jaxon mit seinen Gedanken und seiner Nervosität alleine im Fahrzeug zurück. Es war wieder still geworden, die Tritte aus dem Kofferraum waren während der letzten Sekunden kontinuierlich abgeklungen – was er fast noch schlimmer fand. *Du kannst jetzt nicht einfach im Fahrzeug bleiben und Sandy ihrem Schicksal überlassen. Wir haben es gerade so zu zweit geschafft, den Typen in den Kofferraum zu hieven.* Er schloss die Augen, atmete tief durch, biss sich auf die Zähne und öffnete dann die Tür. Er stemmte sich aus dem Sitz heraus, zog sich auf die Beine und schlich um das Fahrzeug herum.
»Na dann lass es uns zu Ende bringen.«
Sandy nickte. Sie stand fast apathisch vor der Kofferraumklappe und schien sich genau zu überlegen, wie sie nun vorgehen sollte. Plötzlich wurde der Kofferraum von innen mit Faustschlägen traktiert, und Jaxon nahm zur Kenntnis, wie sich das Blech immer weiter wellte und kleine Beulen entstanden.
»Worauf wartest du?«
»Ich überlege.«
»Ich gehe zur Mühle«, sagte Jaxon, und hoffte, dass er ihr so einen Denkanstoß geben konnte.
Je länger sie die Situation herauszögerten, desto unwohler fühlte er sich.
»Okay. Ich mache den Kofferraum auf und komme dann zu dir gelaufen.«
Sie bückte sich herunter und öffnete die Kofferraumklappe. Jaxon sah, wie sie sich fast quälend langsam hob... und dann, wie die Gestalt aus der Dunkelheit nach vorne stürzte. Sie war zwar unbewaffnet, doch die Kraft, die sie in diesem Moment aufbringen konnte, war enorm. Sandy konnte rechtzeitig das Weite su-

chen, sie legte einen Sprint ein und hatte den Eingang nach wenigen Sekunden keuchend erreicht. Die Gestalt jedoch blieb einfach stehen, sie rührte sich einfach nicht. Der schwarze Mantel wehte im leichten Wind des Waldes flatternd auf.
»Das kann eine Falle sein«, murmelte Jaxon.
»Hey!«, rief Sandy.
»Wir sind hier, du beschissener Mistkerl. Komm her und hol dir unsere Seelen.«
Jaxon spürte das grelle Licht in seinem Rücken, es verursachte ihm eine Gänsehaut. Die Härchen auf seinen Armen stellten sich auf und ein kalter Schauer lief ihm den Rücken hinunter.
»Was passiert hier?«, fragte er an Sandy gewandt.
»Ich kann es mir nicht erklären.«
Sie zögerte einen Moment.
»Vielleicht liegt es an der Sichel. Warte mal.«
Sie fasste sich erneut die Hosentaschen ab, und Jaxon konnte nun endlich mal eine Regung in ihrem Gesicht erkennen. Sie war nervös – genau wie er. Ob das nun ein gutes Zeichen war oder nicht, das wusste er nicht.
»Sie liegt im Auto. Bleib hier stehen.«
Vorsichtig wagte Sandy sich Schritt für Schritt zum Toyota zurück. Sie verharrte ein paar Sekunden vor der Fahrertür, als sie jedoch sicher war, dass die Gestalt sich weiterhin nicht bewegen würde, drehte sie ihr den Rücken zu und öffnete die Tür. Jaxon konnte von seiner Position vor dem Bogengang aus sehen, dass die Sichel im Inneren direkt hinter der Windschutzscheibe lag. Sein Blick schweifte dann jedoch wieder zu der Gestalt herüber – er durfte seine Augen nicht von ihr lassen, da er Sandy im Falle eines unangekündigten Angriffes schnell warnen würde müssen.

»Ich habe deine Sichel«, sagte Sandy, als sie die Fahrertür wieder geschlossen hatte.
Fast schon provokant wedelte sie mit der Waffe herum. Die Gestalt drehte sich langsam um, und die schwarze Dunkelheit im inneren der Kapuze des tiefschwarzen Umhanges zeigte sich ihnen wieder.
»Gib sie her.«
»Du musst sie dir schon selbst abholen.«
Sandy ging ein paar Schritte rückwärts und hielt die Hand mit der Sichel weiterhin ausgestreckt. Die Gestalt verließ die Position hinter dem Kofferraum und kam mit schnellen Schritten auf sie zu. Das sorgte dafür, dass auch Sandy ihr Schritttempo erhöhte. Jaxon sah das Unheil schon früh kommen, doch er konnte sie nicht mehr rechtzeitig warnen. Ein Stein, gefühlt der einzige weit und breit, ragte bedrohlich weit aus dem Boden heraus. Sandy stolperte im Rückwärtsgehen über ihn, verlor das Gleichgewicht, konnte sich nicht mehr halten und fiel auf den Boden. Während des Sturzes schleuderte sie die Sichel weit von sich – Jaxon konnte gerade noch rechtzeitig einen Schritt zur Seite machen und so aus der Flugbahn springen. Die Sichel flog durch den Durchgang, blieb an der Steinwand hängen und landete mit einem lauten Knall auf dem Boden, auf dem sie noch ein paar Zentimeter weiter rutschte. Die Gestalt beachtete Sandy gar nicht, ging einfach an ihr vorbei und schritt durch den Gang in die Mühle hinein. Jaxon wagte sich einen Schritt nach vorne, um so einen Blick auf das zu haben, was nun geschah. Die Klinge der Sichel leuchtete im grellen Licht, es spiegelte sich in alle Richtungen. Als die Gestalt sich bückte, fasste er kurzerhand einen Entschluss. Er wusste nicht, wo er den Mut in diesem Moment herbekam, doch er trat selbst durch den bogen-

förmigen Durchgang und verpasste der Gestalt einen harten Tritt in den Rücken, der sie nach vorne taumeln ließ. Sein Körper rebellierte dagegen, seine gebrochenen Rippen und die Schusswunde in seinem Arm raubten ihm sämtliche Kräfte. Doch der Rest an Kraft, den er in diesem Moment noch aufbieten konnte, reichte dazu aus, den Wächter der Mühle mit einem zweiten, beherzten Tritt durch das Portal ins Jenseits zu stoßen.

27

Das Licht teilte sich in viele verschiedene Dimensionen auf und brach in abertausende Strahlen. Grauer Nebel stieg aus dem Portal auf und vermischte sich mit dem Licht zu einer grellen Masse, die wie Rauch hervorschoss und sich in der Mühle verteilte. Jaxon wurde von der enormen Wolke zu Boden gestoßen, und er hatte das Gefühl, plötzlich nicht mehr atmen zu können. Er hustete, keuchte, und rang verzweifelt nach Luft – doch es gab keine mehr in der Mühle, der neblige Rauch hatte sich in jeder einzelnen Ritze verteilt und schien ihn ersticken zu wollen. Jaxon robbte ein paar Zentimeter nach vorne, und versuchte so, irgendwie wieder den Ausgang zu erreichen. Allerdings wusste er nicht, in welche Richtung er musste. Alles war voller Rauch und er hatte seinen Orientierungssinn komplett verloren. Er schloss die Augen und wartete, bis es endlich zu Ende sein würde... als er schließlich einen festen Handgriff spürte, der ihn auf die Beine zog und ihn aus dem Rauch heraus beförderte. Er stolperte nach vorne, durch den Eingang hinaus auf den Waldboden. Als er seine Augen öffnete, konnte er schließlich auch erkennen, wem die Hand gehört hatte, die ihn aus der Mühle gerettet hatte. Er blickte in das Gesicht von Officer Dan Hering – dem Mann, der sie am gestrigen Abend befragt hatte, und der Sandys Ehemann war. Er ließ seinen Blick schweifen und entdeckte Sandy ein paar Meter entfernt.
»Was geht hier vor sich?«
»Ich habe meinen Mann vorhin gerufen. Ich dachte, Verstärkung wäre gar nicht so verkehrt gewesen.«
»Wann?«

»Kurz bevor du aus dem Auto ausgestiegen und zum Kofferraum gekommen bist. Dan war gerade auf dem Campingplatz und hat daher nicht lange hierher gebraucht – was ich aber auch vorher schon gewusst hatte. Wir standen in ständigem Kon-takt zueinander.«

Jaxon erinnerte sich wieder daran, dass Sandy lange vor der Klappe gestanden hatte, ehe er sich dazu entschieden hatte, seinen Gedanken nicht weiter nachzuhängen und ihr zu helfen.

»Vielen Dank, Officer.«

Hering nickte ihm zu. Er trug einen freundlicheren Blick im Gesicht, sagte aber kein Wort.

»Was passiert jetzt mit der Mühle?«, fragte er, nun an Sandy gewandt.

»Ich weiß es nicht.«

Jaxon setzte sich auf die Motorhaube seines Toyotas und beobachtete das Schauspiel aus sicherer Entfernung. Der neblige Rauch drang durch die Öffnungen der Mühle, ein gläsernes Fenster zersprang und die Scherben verteilten sich im umliegenden Gras. Das alte Bauwerk bebte förmlich, es erzitterte bis in seine Grundfesten. Die Flügel zerbrachen und fielen laut krachend zu Boden. Zersplittertes Holz verteilte sich überall, die Fassade bröckelte nach und nach langsam ab. Es dauerte nur wenige Sekunden, bis sich das Gebäude komplett aufgelöst hatte – und einfach so zu einem riesigen Haufen Schutt zerfallen war.

28

Jaxon blickte kurz auf seine Armbanduhr, ehe er in das kleine *Road Café* eintrat. Die Jalousien an den Fenstern waren zur Hälfte heruntergelassen, was dafür sorgte, dass nur wenig Sonnenlicht ins Innere hineindrang. Er entdeckte Sandy schnell, sie saß im hinteren Teil am Fenster und schlürfte gerade an einem Cappuccino. Etwas Milchschaum blieb an ihrer Oberlippe kleben, und sie warf Jaxon ein warmes Lächeln zu, als sie ihn erblickte. Er nahm auf der gepolsterten Sitzbank direkt gegenüber von ihr Platz und sagte:
»Hallo.«
Es klang irgendwie blöd in seinen Ohren, doch er hatte ihr nicht viel zu sagen.
»Hey. Ich hoffe, du bist mir nicht böse, nach dem, was ich dir angetan habe.«
»Es war notwendig.«
Jaxon hatte sich in den letzten beiden Tagen viele Gedanken über das gemacht, was geschehen war, und war zu dem Schluss gekommen, dass sie richtig gehandelt hatten – beide. Die Schussverletzung war zwar noch nicht verheilt, dies würde auch noch einige Zeit dauern, aber die Narbe, die zurückbleiben würde, würde ihn immer daran erinnern, dass sie viele Menschenleben mit ihrem Handeln gerettet hatten. Nach seiner kurzzeitigen Rückkehr zum Campingplatz hatte er sich nochmal das Geld angesehen, welches die Gestalt in seinem Kofferraum hinterlassen hatte. Es war tatsächlich alles von dem gewesen, was sie in der Metallkiste entdeckt hatten – eine Million Dollar. Es hatte sich für ihn jedoch nicht richtig angefühlt, es zu behalten, wes-

halb er es aufgeteilt hatte. Einen Teil hatte er Mathilde, die gerade im Wohnwagen Bilder ihres verstorbenen Mannes durchgeblättert hatte, überlassen – und die Dankbarkeit in den Augen der alten Dame hatten ihn in dem bestätigt. Er hoffte, dass er ihr so einen guten Lebensabend ermöglichen konnte – einen Lebensabend, bei dem ihr Ehemann leider nicht mehr an ihrer Seite stehen konnte. Er hatte sich unter Tränen von ihr verabschiedet, und sie beide hatten sich gegenseitig nur das Beste gewünscht. Beide hatten schwerwiegende Verluste zu verkraften, und Jaxon graute sich schon vor dem Moment, in dem ihn all das, was geschehen war, überwältigen würde. Die vergangenen Tage waren so hektisch gewesen, dass er nicht viel Zeit für sich gehabt hatte – zum Glück. Während er nun so dasaß und mit Sandy redete, kam eine Kellnerin an den Tisch. Er bestellte sich einen Espresso und dazu einen Barbecue Burger mit gegrilltem Bacon, Zwiebeln und Käse. Eigentlich war er kein Fan von derart fettigem Essen, doch er hatte einfach das Gefühl, dass das jetzt mal sein musste. Es dauerte nur knappe zehn Minuten, bis ihm sein Essen dann auch serviert wurde. Der Burger triefte vor Fett und roch enorm gut, weshalb Jaxon die Augen schloss, hineinbiss und einfach versuchte, zumindest für eine Sekunde alles zu vergessen. Zwischen zwei Bissen fiel ihm jedoch etwas ein – eine Sache, die Sandy ihm im Auto auf der Fahrt zur Mühle versprochen hatte.

»Du wolltest mir noch erzählen, was mit deinen Eltern passiert ist.«

»Oh ja, das hatte ich ganz vergessen. Entschuldige.«

Während Jaxon den rauchig würzigen Geschmack der Barbecue Sauce in seinem Mund schmeckte und gerade auf ein Stück salzigen Bacon biss, begann sie, zu erzählen.

»Weißt du... damals, als ich Kind war, kannte man meinen Familiennamen im gesamten Dorf. Rosewell... wir waren eine Institution. Die Leute respektierten uns, weil wir, oder besser gesagt meine Eltern, damals die alte verlassene Dorfkirche von den bösen Seelen *gereinigt* hatten. Der Priester, ein netter, alter Mann, verewigte unseren Namen sogar auf einer Tafel in der Kirche. Später sind sie dann bei einem Einsatz ums Leben gekommen. Aber seitdem weiß ich auch um meine Bestimmung und meinen Platz auf der Welt. Ich muss dagegen vorgehen. Und hey, bisher habe ich das echt gut gemeistert.«
Jaxon sah das Glitzern in ihren Augen. Und genau in diesem Moment, in dem sie sich im *Road Café* gegenübersaßen und sich einfach nur ansehen, hatte er Mitleid mit ihr. Er wusste nicht, warum – aber er stand auf, umrundete den Tisch und nahm sie einfach so in die Arme.
Sie saßen danach noch eine halbe Stunde in dem Café, welches mit der Zeit immer leerer wurde. Draußen dämmerte es langsam, und als sie sich voneinander verabschiedeten, versprachen sie, auf jeden Fall in Kontakt miteinander zu bleiben. Jaxon startete den Motor seines Toyotas und steuerte den Highway an. Während er in die Richtung fuhr, in der die Sonne als glühender Feuerball am Horizont versank, hoffte er, dass es ihm gelingen würde, mit den Geschehnissen rund um die Mühle abschließen und seinen inneren Frieden finden zu können – irgendwann in ferner Zukunft.

Epilog

Die Metalltür der Gefängniszelle des *Arizona State Prison Complex* fiel laut ins Schloss, und der diensthabende Aufseher warf Charles Reinhart einen letzten Blick zu, ehe er einfach wieder verschwand. *Verfluchter Mist*, dachte er. Es war nur wenige Stunden her, dass er, gemeinsam mit seinem Halbbruder Bob, aus Kinmark mitgenommen und hierhergebracht worden war. Die Anklage war hart – Mord in mehreren Fällen. *Verdammt. Verdammt.* Er ließ sich auf die harte Holzbank sinken und vergrub seinen Kopf tief in seinen Händen. Alles war so perfekt verlaufen... bis sie schließlich aufgeflogen waren, nachdem der letzte Schritt gesetzt worden war. Bob und er waren jeweils in einer Einzelzelle untergebracht worden, und er hoffte, dass es seinem Halbbruder gutging. *Wir müssen hier irgendwie wieder rauskommen.* Seine Karriere als Polizist war nun definitiv zerstört. Er schloss die Augen und sah den Scherbenhaufen seines Lebens vor seinem inneren Auge. Doch es gab dort immer noch ein Licht am Ende des Tunnels... fast wie ein Feuer, dessen Flammen lodernd in den Himmel züngelten. Ja, er würde wieder angreifen und seine Mission fortsetzen – denn irgendwo dort draußen wartete noch die Wahrheit auf ihn. Sie wartete darauf, von ihm gefunden zu werden.

ENDE

ALLE BÜCHER DES AUTOREN

SPURLOS

2005: Lewis, Janet, Jeff und Liz erhoffen sich ein Abenteuer, ein Wanderurlaub in den Bergen – genau nach ihrem Geschmack. Trotz einiger beängstigender Vorkommnisse während der Fahrt in die Berge entscheiden sie sich, zu bleiben. Als sie allerdings auf die Rucksäcke einer verschollenen Wandergruppe stoßen und nach und nach mysteriöse Anzeichen auf deren Verbleib finden, beginnt ein Albtraum, aus dem es kein Entrinnen zu geben scheint…

1995: Idyllische, weite Wälder und glasklare Seen. Nichts anderes wollen Marcel, Inge, Matthias, Gudrun, Alexander und Ralf, als sie sich dazu entscheiden, einen Urlaub in den Bergwäldern zu machen.

Doch dann verliert sich jede Spur von ihnen…

DAS GEISTERHAUS

Die vier Jugendlichen Marc, Blake, Jay und David wagen gemeinsam mit dem Einsiedler Joseph, Jays Bruder Danny und seinem Freund Neal einen Ausflug zu einem „Geisterhaus", um das sich zahlreiche Mythen ranken. Doch als sie eines nachts das Haus betreten, beginnt ein Albtraum, der nie zu enden scheint. Denn das Haus lebt. Und es sucht sich seine Opfer…

LAGER DER FINSTERNIS

Zehn Personen wachen in einer verlassenen Lagerhalle auf. Zunächst können sie sich nicht erklären, wie sie dort hingelangt sind. Doch als ein Teil der Gruppe auf ein System unterirdischer Gänge stößt, entfesseln sie ein Grauen, das die Grenzen jeglicher Vorstellungskräfte überschreitet.

AUF DÄMONENJAGD IM LAGER DER FINSTERNIS

Die Dämonenjäger Marcus Young und William Collister verbringen eine Nacht in der Lagerhalle, in der sich vor kurzer Zeit erst schreckliche Dinge zugetragen haben. Sie installieren eine Kamera, um die paranormalen Geschehnisse per Video zu dokumentieren. Als Marcus in einem der Räume auf eine apathisch wirkende Frau stößt und wenig später verschwunden ist, begibt sich William auf die Suche nach ihm. Die deutlichste Spur führt tief in den Wald...
Währenddessen läuft die Kamera. Und zeichnet schreckliche Dinge auf...

ARIZONA SPLASH

Bei der Eröffnungsfeier des *Arizona Splash*, einem riesigen Schwimmbad mit Außenpools, Saunas und Rutschen, werden zwei junge Leute entführt. Ihnen steht eine Nacht des Grauens bevor: im Inneren des Schwimmbades müssen sie sich nicht nur mit ihren sadistischen Peinigern auseinandersetzen, sondern auch mit einer Gefahr, die aus den Tiefen eines geheimen Kellerganges zu kommen scheint.

WILLKOMMEN IN KINMARK

Kurz vor Dienstschluss wird Officer Gilbert Smith zu einem Einsatz gerufen: der Fahrer einer Dodge Viper befindet sich nach einem Unfall auf der Flucht. Eine Verfolgungsjagd und ein darauffolgender Unfall führen den Officer über den Highway tief in die Solven-Hills und das beschauliche Dorf Kinmark. Je tiefer er in die Geheimnisse des Ortes vordringt, desto deutlicher wird ihm, dass er sich in einer tödlichen Falle befindet, aus der es kein Entrinnen zu geben scheint...

CAMP SEASIDES MÜHLENSCHATZ

Die vier Freunde Jaxon, Natalia, Maxwell und Laura freuen sich auf einen mehrtägigen Campingurlaub auf dem Gelände des *Camp Seaside*, einem Platz mit einem Badesee und einer alten Getreidemühle. Bei einem Rundgang im Wald entdecken sie einen Brief, der ihnen einen Schatz in den Tiefen der Mühle verspricht. Sie lassen sich auf die Suche ein - und beginnen damit ein Spiel, bei dem eine Menge Blut fließen wird. Denn im Inneren der Mühle lebt der Tod. Und er fordert seinen Tribut...

CRETHRENS – VERLOREN IN DER EISWÜSTE

Der jugendliche Oskar findet sich inmitten einer gigantischen Eiswüste mit neunzehn anderen Jugendlichen wieder. Schon bald erkennen alle, dass sie sich in einem perfiden Test befinden, bei dem es nicht nur um das blanke Überleben geht...

CRETHRENS – DIE FESTUNG VON GHIRON NAGH

Nach den Geschehnissen in der Eiswüste, die jeden einzelnen verändert haben, landen die Überlebenden mit einem Helikopter in einer verlassenen Stadt. Sie finden eine Karte und entscheiden sich dazu, zwei Orte aufzusuchen: eine mittelalterliche Festung und die unterirdische Stadt Ghiron Nagh. Alles scheint nach Plan zu laufen – bis das Schicksal wieder gnadenlos zuschlägt…

CRETHRENS – ODYSSEE NACH EHYGEA

Das Königreich Ehygea war einst ein Ort mit blühenden Landschaften, rauschenden Flüssen und endlosen Weiten. Eines Tages wurde der Ort von einer schrecklichen Katastrophe heimgesucht – seitdem besteht dieser nur noch aus finsterem Ödland. Die Überlebenden drängen nach und nach in die Geschichte des düsteren Ortes vor – und müssen feststellen, dass ein großer Kampf um Leben und Tod bevorsteht, der über die Zukunft des gesamten Planeten entscheidet.